CHEFS-D'ŒUVRE
DU
SIÈCLE
ILLUSTRÉS

GÉRARD DE NERVAL

SYLVIE

LE VOLUME

50
CENT.
1898

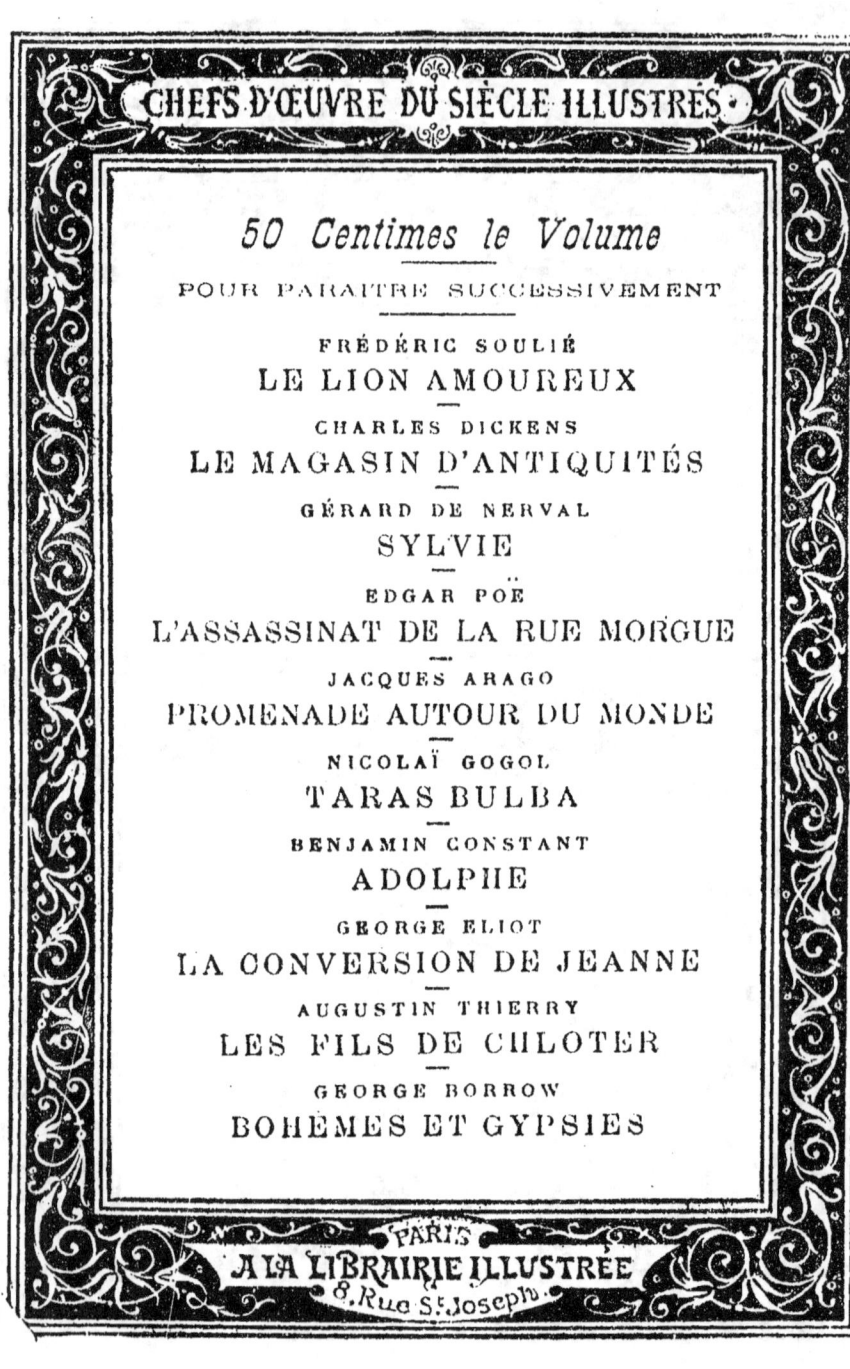

CHEFS D'ŒUVRE DU SIÈCLE ILLUSTRÉS

PARIS
A LA LIBRAIRIE ILLUSTRÉE
8, Rue St Joseph

SYLVIE

NUIT PERDUE

Je sortais d'un théâtre où, tous les soirs, je paraissais aux avant-scènes en grande tenue de soupirant. Quelquefois, tout était plein ; quelquefois, tout était vide. Peu m'importait d'arrêter mes regards sur un parterre peuplé seulement d'une trentaine d'amateurs forcés, sur des loges garnies de bonnets ou de toilettes surannées, — ou bien de faire partie d'une salle animée et frémissante, cou-

ronnée à tous ses étages de toilettes fleuries, de
bijoux étincelants et de visages radieux. Indifférent
au spectacle de la salle, celui du théâtre ne m'ar-
rêtait guère, — excepté lorsqu'à la seconde ou à
la troisième scène d'un maussade chef-d'œuvre
d'alors, une apparition bien connue illuminait l'espace vide, rendant la vie d'un souffle et d'un mot à
ces vaines figures qui m'entouraient.

Je me sentais vivre en elle, et elle vivait pour
moi seul. Son sourire me remplissait d'une béati-
tude infinie ; la vibration de sa voix si douce et cependant fortement timbrée me faisait tressaillir de
joie et d'amour. Elle avait pour moi toutes les per-
fections, elle répondait à tous mes enthousiasmes,
à tous mes caprices, — belle comme le jour aux
feux de la rampe qui l'éclairait d'en bas, pâle
comme la nuit, quand la rampe baissée la laissait
éclairée d'en haut sous les rayons du lustre, et la
montrait plus naturelle, brillant dans l'ombre de
sa seule beauté, comme les Heures divines qui se
découpent, avec une étoile au front, sur les fonds
bruns des fresques d'Herculanum !

Depuis un an, je n'avais pas encore songé à
m'informer de ce qu'elle pouvait être d'ailleurs ;
je craignais de troubler le miroir magique qui me
renvoyait son image, — et tout au plus avais je
prêté l'oreille à quelques propos concernant non
plus l'actrice, mais la femme. Je m'en informais
aussi peu que des bruits qui ont pu courir sur la
princesse d'Élide ou sur la reine de Trébizonde,
— un de mes oncles, qui avait vécu dans les avant-
dernières années du dix-huitième siècle comme il
fallait y vivre pour le bien connaître, m'ayant pré-
venu de bonne heure que les actrices n'étaient pas

des femmes, et que la nature avait oublié de leur
faire un cœur. Il parlait de celles de ce temps-là
sans doute ; mais il m'avait raconté tant d'histoires
de ses illusions, de ses déceptions et montré tant
de portraits sur ivoire, médaillons charmants qu'il
utilisait depuis à parer des tabatières, tant de bil-
lets jaunis, tant de faveurs fanées en m'en faisant
l'histoire et le compte définitif, que je m'étais ha-
bitué à penser mal de toutes sans tenir compte de
l'ordre des temps.

Nous vivions alors dans une époque étrange,
comme celles qui d'ordinaire succèdent aux révolutions ou aux abaissements des grands règnes.
Ce n'était plus la galanterie héroïque comme sous
la Régence, le scepticisme et les folles orgies du
Directoire ; c'était un mélange d'activité, d'hésitation et de paresse, d'utopies brillantes, d'aspirations
philosophiques ou religieuses, d'enthousiasmes
vagues, mêlés de certains instincts de reconnaissance ; d'ennuis des discordes passées, d'espoirs in-
certains.

L'homme matériel aspirait au bouquet de
roses qui devait le régénérer par les mains
de la belle Isis ; la déesse éternellement jeune et
pure nous apparaissait dans les nuits, et nous faisait
honte de nos heures de jour perdues. L'ambition
n'était cependant pas de notre âge, et l'avide curée
qui se faisait alors des positions et des honneurs
nous éloignait des sphères d'activité possibles. Il
ne nous restait pour asile que cette tour d'ivoire
des poètes, où nous montions toujours plus haut
pour nous isoler de la foule. A ces points élevés où
nous guidaient nos maîtres, nous respirions enfin
l'air pur des solitudes, nous buvions l'oubli dans

la coupe d'or des légendes, nous étions ivres de poésie et d'amour. Amour, hélas ! des formes vagues, des teintes roses et bleues, des fantômes métaphysiques ! Vue de près, la femme réelle révoltait notre ingénuité ; il fallait qu'elle apparût reine ou déesse, et surtout n'en pas approcher.

Quelques·uns d'entre nous néanmoins prisaient peu ces paradoxes platoniques, et à travers nos rêves renouvelés d'Alexandrie agitaient parfois la torche des dieux souterrains, qui éclaire l'ombre un instant de ses traînées d'étincelles. — C'est ainsi que, sortant du théâtre avec l'amère tristesse que laisse un songe évanoui, j'allais volontiers me joindre à la société d'un cercle où l'on soupait en grand nombre, et où toute mélancolie cédait devant la verve intarissable de quelques esprits éclatants, vifs, orageux, sublimes parfois, — tels qu'il s'en est trouvé toujours dans les époques de rénovation ou de décadence, et dont les discussions se haussaient à ce point, que les plus timides d'entre nous allaient voir parfois aux fenêtres si les Huns, les Turcomans ou les Cosaques n'arrivaient pas enfin pour couper court à ces arguments de rhéteurs et de sophistes. « Buvons, aimons, c'est la sagesse ! » Telle était la seule opinion des plus jeunes. Un de ceux-là me dit :

— Voici bien longtemps que je te rencontre dans le même théâtre, et chaque fois que j'y vais. Pour *laquelle* y viens-tu ?

Pour laquelle ? Il ne me semblait pas que l'on pût aller là pour voir une *autre*. Cependant, j'avouai un nom.

— Eh bien, dit mon ami avec indulgence, tu vois là-bas l'homme heureux qui vient de la reconduire, et qui, fidèle aux lois de notre cercle, n'ira la retrouver peut-être qu'après la nuit.

Sans trop d'émotion, je tournai les yeux vers le personnage indiqué. C'était un jeune homme correctement vêtu, d'une figure pâle et nerveuse, ayant des manières convenables et des yeux empreints de mélancolie et de douceur. Il jetait de l'or sur une table de whist et le perdait avec indifférence.

— Que m'importe, dis-je, lui ou tout autre? Il fallait qu'il y en eût un, et celui-là me paraît digne d'avoir été choisi.

— Et toi?

— Moi? C'est une image que je poursuis, rien de plus.

En sortant, je passai par la salle de lecture, et machinalement je regardai un journal. C'était, je crois, pour y voir le cours de la Bourse. Dans les débris de mon opulence se trouvait une somme assez forte en titres étrangers. Le bruit avait couru que, négligés longtemps, ils allaient être reconnus; — ce qui venait d'avoir lieu à la suite d'un changement de ministère. Les fonds se trouvaient déjà cotés très haut; je redevenais riche.

Une seule pensée résulta de ce changement de situation, celle que la femme aimée si longtemps était à moi si je voulais. Je touchais du doigt mon idéal. N'était-ce pas une illusion encore, une faute d'impression railleuse? Mais les autres feuilles parlaient de même. — La somme gagnée se dressa devant moi comme la statue d'or de Moloch.

— Que dirait maintenant, pensais-je, le jeune homme de tout à l'heure, si j'allais prendre sa place près de la femme qu'il a laissée seule ?...

Je frémis de cette pensée, et mon orgueil se révolta.

— Non ! ce n'est pas ainsi, ce n'est pas à mon âge que l'on tue l'amour avec de l'or : je ne serai pas un corrupteur. D'ailleurs, ceci est une idée d'un autre temps. Qui me dit aussi que cette femme soit vénale ?

Mon regard parcourait vaguement le journal que je tenais encore, et j'y lus ces deux lignes : « *Fête du Bouquet provincial.* Demain, les archers de Senlis doivent rendre le bouquet à ceux de Loisy. » Ces mots, fort simples, réveillèrent en moi toute une nouvelle série d'impressions : c'était un souvenir de la province depuis longtemps oubliée, un écho lointain des fêtes naïves de la jeunesse. — Le cor et le tambour résonnaient au loin dans les hameaux et dans les bois; les jeunes filles tressaient des guirlandes et assortissaient, en chantant, des bouquets ornés de rubans. Un lourd chariot, traîné par des bœufs, recevait ces présents sur son passage, et nous, enfants de ces contrées, nous formions le cortège avec nos arcs et nos flèches, nous décorant du titre de chevaliers, — sans savoir alors que nous ne faisions que répéter d'âge en âge une fête druidique survivant aux monarchies et aux religions nouvelles.

ADRIENNE

Je regagnai mon lit et je ne pus y trouver le repos. Plongé dans une demi-somnolence, toute ma jeunesse repassait en mes souvenirs. Cet état, où l'esprit résiste encore aux bizarres combinaisons du songe, permet souvent de voir se presser en quelques minutes les tableaux les plus saillants d'une longue période de la vie.

Je me représentais un château du temps de Henri IV avec ses toits pointus couverts d'ardoises et sa face rougeâtre aux encoignures dentelées de pierres jaunies, une grande place verte encadrée d'ormes et de tilleuls, dont le soleil couchant perçait le feuillage de ses traits enflammés. Des jeunes filles dansaient en rond sur la pelouse en chantant de vieux airs transmis par leurs mères, et d'un français si naturellement pur, que l'on se sentait bien exister dans ce vieux pays du Valois, où pendant plus de mille ans a battu le cœur de la France.

J'étais le seul garçon dans cette ronde, où j'avais amené ma compagne toute jeune encore, Sylvie, une petite fille du hameau voisin, si vive et si fraîche, avec ses yeux noirs, son profil régulier et sa peau légèrement hâlée !... Je n'aimais qu'elle, je ne voyais qu'elle, — jusque-là ! A peine avais-je remarqué, dans la ronde où nous dansions, une blonde, grande et belle qu'on appelait Adrienne. Tout à coup, suivant les règles de la danse, Adrienne se trouva placée seule avec moi au milieu du cercle. Nos tailles étaient pareilles. On nous dit de nous embrasser, et la danse et le chœur tournaient plus vivement que jamais. En lui donnant ce baiser, je ne pus m'empêcher de lui presser la main. Les longs anneaux roulés de ses cheveux d'or effleuraient mes joues. De ce moment, un trouble inconnu s'empara de moi. — La belle devait chanter pour avoir le droit de rentrer dans la danse. On s'assit autour d'elle, et, aussitôt, d'une voix fraîche et pénétrante, légèrement voilée, comme celle des filles de ce pays brumeux, elle chanta une de ces anciennes romances pleines de mélancolie et d'amour, qui racontent toujours les malheurs d'une princesse enfermée dans sa tour par la volonté d'un père qui la punit d'avoir aimé. La mélodie se terminait à chaque stance par ces trilles chevrotants qui font valoir si bien les voix jeunes, quand elles imitent par un frisson modulé la voix tremblante des aïeules.

A mesure qu'elle chantait, l'ombre descendait des grands arbres, et le clair de lune naissant tombait sur elle seule, isolée de notre cercle attentif. — Elle se tut, et personne n'osa rompre le silence. La pelouse était couverte de faibles vapeurs condensées, qui déroulaient leurs blancs flocons sur les pointes des herbes. Nous pensions être en paradis. — Je me levai enfin, courant au parterre du château, où se trouvaient des lauriers, plantés dans de grands vases de faïence peints en camaïeu. Je rapportai deux branches, qui furent tressées en couronne et nouées d'un ruban. Je posai sur la tête d'Adrienne cet ornement, dont les feuilles lustrées éclataient sur ses cheveux blonds aux rayons pâles de la lune. Elle ressemblait à la Béatrice de Dante qui sourit au poète errant sur la lisière des saintes demeures.

Adrienne se leva. Développant sa taille élancée, elle nous fit un salut gracieux, et rentra en courant dans le château. — C'était, nous dit-on, la petite fille de l'un des descendants d'une famille alliée aux anciens rois de France ; le sang des Valois coulait dans ses veines. Pour ce jour de fête, on lui avait permis de se mêler à nos jeux ; nous ne devions plus la revoir, car, le lendemain, elle repartit pour un couvent où elle était pensionnaire.

Quand je revins près de Sylvie, je m'aperçus qu'elle pleurait. La couronne donnée par mes mains à la belle chanteuse était le sujet de ses larmes, je lui offris d'en aller cueillir une autre ; mais elle dit qu'elle n'y tenait nullement, ne la méritant pas. Je voulus en vain me défendre, elle ne me dit plus un seul mot pendant que je la reconduisais chez ses parents.

Rappelé moi-même à Paris pour y reprendre mes études, j'emportai cette double image d'une amitié tendre tristement rompue, — puis d'un amour impossible et vague, source de pensées douloureuses que la philosophie de collége était impuissante à calmer.

La figure d'Adrienne resta seule triomphante, — mirage de la gloire et de la beauté, adoucissant ou partageant les heures des sévères études. Aux vacances de l'année suivante, j'appris que cette belle personne à peine entrevue était consacrée par sa famille à la vie religieuse.

RÉSOLUTION

Tout m'était expliqué par ce souvenir à demi rêvé. Cet amour vague et sans espoir, conçu pour une femme de théâtre, qui tous les soirs me prenait à l'heure du spectacle, pour ne me quitter qu'à l'heure du sommeil, avait son germe dans le souvenir d'Adrienne, fleur de la nuit éclose à la pâle clarté de la lune, fantôme rose et blond glissant sur l'herbe verte à demi baignée de blanches vapeurs. — La ressemblance d'une figure oubliée depuis des années se dessinait désormais avec une netteté singulière ; c'était un crayon estompé par le temps qui se faisait peinture, comme ces vieux croquis de maîtres admirés dans un musée, dont on retrouve ailleurs l'original éblouissant.

Aimer une religieuse sous la forme d'une actrice !... et si c'était la même ! Il y a de quoi devenir fou ! c'est un entraînement fatal où l'inconnu vous attire comme le feu follet fuyant sur les joncs d'une eau morte... Reprenons pied sur le réel.

Et Sylvie que j'aimais tant, pourquoi l'ai-je oubliée depuis trois ans ?... C'était une bien jolie fille, et la plus belle de Loisy.

Elle existe, elle, bonne et pure de cœur sans doute. Je revois sa fenêtre où le pampre s'enlace au rosier, la cage des fauvettes suspendue à gauche ; j'entends le bruit de ses fuseaux sonores et sa chanson favorite :

> La belle était assise
> Près du ruisseau coulant...

Elle m'attend encore... Qui l'aurait épousée ? Elle est si pauvre !

Dans son village et dans ceux qui l'entourent, de bons paysans en blouse, aux mains rudes, à la face amaigrie, au teint hâlé ! Elle m'aimait seul, moi, le petit Parisien, quand j'allais voir près de Loisy mon pauvre oncle, mort aujourd'hui. Depuis trois ans, je dissipe en seigneur le bien modeste qu'il m'a laissé et qui pouvait suffire à ma vie. Avec Sylvie, je l'aurais conservé. Le hasard m'en rend une partie. Il est temps encore.

A cette heure, que fait-elle ? Elle dort... Non, elle ne dort pas ; c'est aujourd'hui la fête de l'Arc,

la seule dans l'année où l'on danse toute la nuit.
— Elle est à la fête...

Quelle heure est-il ?

Je n'avais pas de montre.

Au milieu de toutes les splendeurs de bric-à-brac qu'il était d'usage de réunir à cette époque pour restaurer dans sa couleur locale un appartement d'autrefois, brillait d'un éclat rafraîchi une de ces pendules d'écaille de la Renaissance, dont le dôme doré, surmonté de la figure du Temps, est supporté par des cariatides du style Médicis, reposant à leur tour sur des chevaux à demi cabrés. La Diane historique, accoudée sur son cerf, est en bas-relief sous le cadran, où s'étalent sur un fond niellé les chiffres émaillés des heures. Le mouvement, excellent sans doute, n'avait pas été remonté depuis deux siècles. — Ce n'était pas pour savoir l'heure que j'avais acheté cette pendule en Touraine.

Je descendis chez le concierge. Son coucou marquait une heure du matin.

— En quatre heures, me dis-je, je puis arriver au bal de Loisy.

Il y avait encore sur la place du Palais-Royal cinq ou six fiacres stationnant pour les habitués des cercles et des maisons de jeu.

— A Loisy! dis-je au plus apparent.

— Où cela est-il ?

— Près de Senlis, à huit lieues.

— Je vais vous conduire à la poste, dit le cocher moins préoccupé que moi.

Quelle triste route, la nuit, que cette route de Flandre, qui ne devient belle qu'en atteignant la zone des forêts ! Toujours ces deux files d'arbres

monotones qui grimacent des formes vagues ; au
delà, des carrés de verdure et de terres remuées ;
bornés à gauche par les collines bleuâtres de
Montmorency, d'Écouen, de Luzarches. Voici
Gonesse, le bourg vulgaire plein des souvenirs de
la Ligue et de la Fronde...

Plus loin que Louvres est un chemin bordé de
pommiers dont j'ai vu bien des fois les fleurs
éclater dans la nuit comme des étoiles de la terre :
c'était le plus court pour gagner les hameaux. —
Pendant que la voiture monte les côtes, recom-
posons les souvenirs du temps où j'y venais si
souvent.

UN VOYAGE A CYTHÈRE

Quelques années s'étaient écoulées : l'époque où
j'avais rencontré Adrienne devant le château n'était
plus qu'un souvenir d'enfance. Je me retrouvai à
Loisy au moment de la fête patronale. J'allai de
nouveau me joindre aux chevaliers de l'Arc, prenant place dans la compagnie dont j'avais fait
partie déjà. Des jeunes gens appartenant aux
vieilles familles qui possèdent encore là plusieurs
de ces châteaux perdus dans les forêts, qui ont
plus souffert du temps que des révolutions, avaient
organisé la fête. De Chantilly, de Compiègne et de
Senlis accouraient de joyeuses cavalcades qui
prenaient place dans le cortége rustique des Com-
pagnies de l'Arc. Après la longue promenade à
travers les villages et les bourgs, après la messe à
l'église, les luttes d'adresse et la distribution des
prix, les vainqueurs avaient été conviés à un repas
qui se donnait dans une île ombragée de peupliers

et de tilleuls, au milieu de l'un des étangs alimentés par la Nonette et la Thève. Des barques pavoisées nous conduisirent à l'île, — dont le choix avait été déterminé par l'existence d'un temple ovale à colonnes qui devait servir de salle pour le festin. Là, comme à Ermenonville, le pays est semé de ces édifices légers de la fin du dix-huitième siècle, où des millionnaires philosophes se sont inspirés dans leurs plans du goût dominant d'alors. Je crois bien que ce temple avait dû être primitivement dédié à Uranie. Trois colonnes avaient succombé, emportant dans leur chute une partie de l'architrave ; mais on avait déblayé l'intérieur de la salle, suspendu des guirlandes entre les colonnes, on avait rajeuni cette ruine moderne, — qui appartenait au paganisme de Boufflers ou de Chaulieu plutôt qu'à celui d'Horace.

La traversée du lac avait été imaginée peut-être pour rappeler le *Voyage à Cythère* de Watteau. Nos costumes modernes dérangeaient seuls l'illusion. L'immense bouquet de la fête, enlevé du char qui le portait, avait été placé sur une grande barque ; le cortège des jeunes filles vêtues de blanc qui l'accompagnaient selon l'usage avait pris place sur les bancs, et cette gracieuse *théorie* renouvelée des jours antiques se reflétait dans les eaux calmes de l'étang qui la séparait du bord de l'île si vermeil aux rayons du soir avec ses halliers d'épine, sa colonnade et ses clairs feuillages. Toutes les barques abordèrent en peu de temps. La corbeille portée en cérémonie occupa le centre de la table, et chacun prit place, les plus favorisés auprès des jeunes filles : il suffisait pour cela d'être connu des parents. Ce fut la cause qui fit que je me retrouvai

près de Sylvie. Son frère m'avait déjà rejoint dans
la fête, il me fit la guerre de n'avoir pas depuis
longtemps rendu visite à sa famille. Je m'excusai
sur mes études, qui me retenaient à Paris, et
l'assurai que j'étais venu dans cette intention.

— Non, c'est moi qu'il a oubliée, dit Sylvie.
Nous sommes des gens de village, et Paris est si
au-dessus !

Je voulus l'embrasser pour lui fermer la bouche ;
mais elle me boudait encore, et il fallut que son
frère intervînt pour qu'elle m'offrît sa joue d'un
air indifférent. Je n'eus aucune joie de ce baiser
dont bien d'autres obtenaient la faveur, car, dans
ce pays patriarcal où l'on salue tout homme qui
passe, un baiser n'est autre chose qu'une politesse
entre bonnes gens.

Une surprise avait été arrangée par les ordonna-
teurs de la fête. A la fin du repas, on fit s'envoler
du fond de la vaste corbeille un cygne sauvage,
jusque-là captif sous les fleurs, qui, de ses fortes
ailes, soulevant des lacis de guirlandes et de couronnes, finit par les disperser de tous côtés. Pendant qu'il s'élançait joyeux vers les dernières
lueurs du soleil, nous rattrapions au hasard les
couronnes dont chacun parait aussitôt le front de
sa voisine. J'eus le bonheur de saisir une des plus
belles, et Sylvie, souriante, se laissa embrasser
cette fois plus tendrement que l'autre. Je compris
que j'effaçais ainsi le souvenir d'un autre temps.
Je l'admirai alors sans partage, elle était devenue
si belle ! Ce n'était plus cette petite fille de village
que j'avais dédaignée pour une plus grande et
plus faite aux grâces du monde. Tout en elle avait
gagné : le charme de ses yeux noirs, si séduisants

dès son enfance, était devenu irrésistible ; sous l'orbite arquée de ses sourcils, son sourire, éclairant tout à coup des traits réguliers et placides, avait quelque chose d'athénien. J'admirais cette physionomie digne de l'art antique au milieu des minois chiffonnés de ses compagnes. Ses mains délicatement allongées, ses bras qui avaient blanchi en s'arrondissant, sa taille dégagée, la faisaient toute autre que je ne l'avais vue. Je ne pus m'empêcher de lui dire combien je la trouvais différente d'elle-même, espérant couvrir ainsi mon ancienne et rapide infidélité.

Tout me favorisait d'ailleurs, l'amitié de son frère, l'impression charmante de cette fête ; l'heure du soir et le lieu même où, par une fantaisie pleine de goût, on avait reproduit une image des galantes solennités d'autrefois. Tant que nous pouvions, nous échappions à la danse pour causer de nos souvenirs d'enfance et pour admirer, en rêvant à deux, les reflets du ciel sur les ombrages et sur les eaux. Il fallut que le frère de Sylvie nous arrachât à cette contemplation en disant qu'il était temps de retourner au village assez éloigné qu'habitaient ses parents.

LE VILLAGE

C'était à Loisy, dans l'ancienne maison du garde. Je les conduisis jusque-là, puis je retournai à Montagny, où je demeurais chez mon oncle. En quittant le chemin pour traverser un petit bois qui sépare Loisy de Saint-S..., je ne tardai pas à m'engager dans une *sente* profonde qui longe la forêt d'Ermenonville ; je m'attendais ensuite à rencontrer les murs d'un couvent qu'il fallait longer pendant un quart de lieue. La lune se cachait de temps à autre sous les nuages, éclairant à peine les roses de grès sombre et les bruyères qui se multipliaient sous mes pas. A droite et à gauche, des lisières de forêt sans routes tracées, et toujours, devant moi, ces roches druidiques de la contrée qui gardent le souvenir des fils d'Armen exterminés par les Romains ! Du haut de ces entassements sublimes, je voyais les étangs lointains se découper comme des miroirs sur la plaine brumeuse, sans pouvoir distinguer celui même où s'était passée la fête.

L'air était tiède et embaumé ; je résolus de ne pas aller plus loin et d'attendre le matin, en me couchant sur des touffes de bruyères. — En me réveillant, je reconnus peu à peu les points voisins du lieu où je m'étais égaré dans la nuit. A ma gauche, je vis se dessiner la longue ligne des murs du couvent de Saint-S..., puis, de l'autre côté de la vallée, la butte aux Gens-d'Armes, avec les ruines ébréchées de l'antique résidence carlovingienne. Près de là, au-dessus des touffes de bois, les hautes masures de l'abbaye de Thiers découpaient sur l'horizon leurs pans de muraille percés de trèfles et d'ogives. Au-delà, le manoir de Pontarmé, entouré d'eau comme autrefois, refléta bientôt les premiers feux du jour, tandis qu'on voyait se dresser au midi le haut donjon de la Tournelle et les quatre tours de Bertrand-Fossé sur les premiers coteaux de Montméliant.

Cette nuit m'avait été douce, je ne songeais qu'à Sylvie ; cependant, l'aspect du couvent me donna un instant l'idée que c'était celui peut-être qu'ha-

Je lui parlais de la *Nouvelle Héloïse*. (Page 19.)

bitait Adrienne. Le tintement de la cloche du matin était encore dans mon oreille et m'avait sans doute réveillé. J'eus un instant l'idée de jeter un coup d'œil par-dessus les murs en gravissant la plus haute pointe des rochers ; mais, en y réfléchissant, je m'en gardai comme d'une profanation. Le jour en grandissant chassa de ma pensée ce vain souvenir et n'y laissa plus que les traits rosés de Sylvie.

— Allons la réveiller, me dis-je.

Et je repris le chemin de Loisy.

Voici le village au bout de la sente qui côtoie la forêt : vingt chaumières dont la vigne et les roses grimpantes festonnent les murs. Des fileuses matinales, coiffées de mouchoirs rouges, travaillent, réunies devant une ferme. Sylvie n'est point avec elles. C'est presque une demoiselle depuis qu'elle exécute de fines dentelles, tandis que ses parents sont restés de bons villageois. — Je suis monté à sa chambre, sans étonner personne ; déjà levée depuis longtemps, elle agitait les fuseaux de sa dentelle, qui claquaient avec un doux bruit sur le carreau vert que soutenaient ses genoux.

— Vous voilà, paresseux ! dit-elle avec un sourire divin ; je suis sûre que vous sortez seulement de votre lit !

Je lui racontai ma nuit passée sans sommeil, mes courses égarées à travers les bois et les roches. Elle voulut bien me plaindre un instant.

— Si vous n'êtes pas fatigué, je vais vous faire courir encore. Nous irons voir ma grand' tante à Othys.

J'avais à peine répondu, qu'elle se leva joyeusement, arrangea ses cheveux devant un miroir et

se coiffa d'un chapeau de paille rustique. L'inno-
cence et la joie éclataient dans ses yeux. Nous
partîmes en suivant les bords de la Thève, à travers les prés semés de marguerites et de boutons
d'or, puis le long des bois de Saint-Laurent, fran-
chissant parfois les ruisseaux et les halliers pour
abréger la route. Les merles sifflaient dans les
arbres, et les mésanges s'échappaient joyeusement
des buissons frôlés par notre marche.

Parfois nous rencontrions sous nos pas les per-
venches si chères à Rousseau, ouvrant leurs co-
rolles bleues parmi ces longs rameaux de feuilles
accouplées, lianes modestes qui arrêtaient les
pieds furtifs de ma compagne. Indifférente aux
souvenirs du philosophe génevois, elle cherchait
çà et là les fraises parfumées, et, moi, je lui parlais
de la *Nouvelle Héloïse*, dont je récitais par cœur
quelques passages.

— Est-ce que c'est joli ? dit-elle

— C'est sublime.

— Est-ce mieux qu'Auguste Lafontaine ?

— C'est plus tendre.

— Oh ! bien, dit-elle, il faut que je lise cela. Je
dirai à mon frère de me l'apporter, la première
fois qu'il ira à Senlis.

Et je continuais à réciter des fragments de
l'*Héloïse* pendant que Sylvie cueillait des fraises.

OTHYS

Au sortir du bois, nous rencontrâmes de grandes
touffes de digitale pourprée ; elle en fit un énorme
bouquet en me disant :

— C'est pour ma tante ; elle est si heureuse d'avoir ces belles fleurs dans sa chambre !

Nous n'avions plus qu'un bout de plaine à traverser pour gagner Othys. Le clocher du village pointait sur les coteaux bleuâtres qui vont de Montméliant à Dammartin. La Thève bruissait de nouveau parmi les grès et les cailloux, s'amincissant au voisinage de sa source, où elle se repose dans les prés, formant un petit lac au milieu des glaïeuls et des iris. Bientôt nous gagnâmes les premières maisons. La tante de Sylvie habitait une petite chaumière bâtie en pierres de grès inégales que revêtaient des treillages de houblon et de vigne vierge ; elle vivait seule de quelques carrés de terre que les gens du village cultivaient pour elle depuis la mort de son mari. Sa nièce arrivant, c'était le feu dans la maison.

— Bonjour, la tante ! Voici vos enfants ! dit Sylvie ; nous avons bien faim !

Elle l'embrassa tendrement, lui mit dans les bras la botte de fleurs, puis songea enfin à me présenter en disant :

— C'est mon amoureux !

J'embrassai à mon tour la tante qui dit :

— Il est gentil... C'est donc un blond ?

— Il a de jolis cheveux fins, dit Sylvie.

— Cela ne dure pas, dit la tante ; mais vous avez du temps devant vous, et, toi qui es brune, cela t'assortit bien.

— Il faut le faire déjeuner, la tante, dit Sylvie.

Et elle alla cherchant dans les armoires, dans la huche, trouvant du lait, du pain bis, du sucre, étalant sans trop de soin sur la table les assiettes et les plats de faïence émaillés de larges fleurs et de

coqs au vif plumage. Un jatte en porcelaine de
Creil, pleine de lait où nageaient des fraises,
devint le centre du service, et, après avoir dé-
pouillé le jardin de quelques poignées de cerises et
de groseilles, elle disposa deux vases de fleurs aux
deux bouts de la nappe. Mais la tante avait dit ces
belles paroles :

— Tout cela, ce n'est que du dessert. Il faut me
laisser faire à présent.

Et elle avait décroché la poêle et jeté un fagot
dans la haute cheminée.

— Je ne veux pas que tu touches à cela ! dit-elle
à Sylvie, qui voulait l'aider ; abîmer tes jolis doigts
qui font de la dentelle plus belle qu'à Chantilly !
tu m'en as donné, et je m'y connais.

— Ah ! oui, la tante !... Dites donc, si vous en
avez des morceaux de l'ancienne, cela me fera des
modèles.

— Eh bien, va voir là-haut, dit la tante ; il y en
a peut-être dans ma commode.

— Donnez-moi les clefs, reprit Sylvie.

— Bah ! dit la tante, les tiroirs sont ouverts.

— Ce n'est pas vrai, il y en a un qui est toujours
fermé.

Et, pendant que la bonne femme nettoyait la
poêle après l'avoir passée au feu, Sylvie dénouait
des pendants de sa ceinture une petite clef d'un
acier ouvragé qu'elle me fit voir avec triomphe.

Je la suivis, montant rapidement l'escalier de
bois qui conduisait à la chambre. — O jeunesse, ô
vieillesse saintes ! — qui donc eût songé à ternir
la pureté d'un premier amour dans ce sanctuaire
des souvenirs fidèles ! Le portrait d'un jeune
homme du bon vieux temps souriait avec ses yeux

noirs et sa bouche rose, dans un ovale au cadre
doré, suspendu à la tête du lit rustique. Il portait
l'uniforme des gardes-chasse de la maison de
Condé ; son attitude à demi martiale, sa figure
rose et bienveillante, son front pur sous ses cheveux poudrés, relevaient ce pastel, médiocre peut-
être, des grâces de la jeunesse et de la simplicité.
Quelque artiste modeste invité aux chasses prin-
cières s'était appliqué à le pourtraire de son mieux,
ainsi que sa jeune épouse, qu'on voyait dans son
médaillon, attrayante, maligne, élancée dans son
corsage ouvert à échelle de rubans, agaçant de sa
mine retroussée un oiseau posé sur son doigt.
C'était pourtant la même bonne vieille qui cuisi-
nait en ce moment, courbée sur le feu de l'âtre.
Cela me fit penser aux fées des Funambules
qui cachent, sous leur masque ridé, un visage
attrayant, qu'elles révèlent au dénoûment, lorsque
apparaît le temple de l'amour et son soleil tour-
nant qui rayonne de feux magiques.

— O bonne tante, m'écriai-je, que vous étiez
jolie !

— Et moi donc ? fit Sylvie, qui était parvenue
à ouvrir le fameux tiroir.

Elle y avait trouvé une grande robe en taffetas
flambé, qui criait du froissement de ses plis.

— Je veux essayer si cela m'ira, dit-elle. Ah !
je vais avoir l'air d'une vieille fée !

— La fée des légendes éternellement jeune !...
dis-je en moi-même.

Et déjà Sylvie avait dégrafé sa robe d'indienne
et la laissait tomber à ses pieds. La robe étoffée
de la vieille tante s'ajusta parfaitement sur la
taille mince de Sylvie, qui me dit de l'agrafer.

— Oh ! les manches plates, que c'est ridicule !
dit-elle.

Et, cependant, les sabots garnis de dentelle dé-
couvraient admirablement ses bras nus, la gorge
s'encadrait dans le pur corsage aux tulles jaunis,
aux rubans passés, qui n'avait serré que bien peu
les charmes évanouis de la tante.

— Mais finissez-en ! Vous ne savez donc pas
agrafer une robe ? me disait Sylvie.

Elle avait l'air de l'accordée de village de
Greuze.

— Il faudrait de la poudre, dis-je.

— Nous allons en trouver.

Elle fureta de nouveau dans les tiroirs. Oh ! que
de richesses ! que cela sentait bon, comme cela
chatoyait de vives couleurs et de modeste clin-
quant ! deux éventails de nacre un peu cassés, des
boîtes de pâte à sujets chinois, un collier d'ambre
et mille fanfreluches, parmi lesquelles éclataient
deux petits souliers de droguet blanc avec des
boucles incrustées de diamants d'Irlande !

— Oh ! je veux les mettre, dit Sylvie, si je trouve
les bas brodés !

Un instant après, nous déroulions des bas de
soie rose tendre à coins verts, mais la voix de la
tante, accompagnée du frémissement de la poêle,
nous rappela soudain à la réalité.

— Descendez vite ! dit Sylvie.

Et, quoi que je pusse dire, elle ne me permit
pas de l'aider à se chausser. Cependant, la tante
venait de verser dans un plat le contenu de la
poêle, une tranche de lard frite avec des œufs. La
voix de Sylvie me rappela bientôt.

— Habillez-vous vite ! dit-elle.

Et, entièrement vêtue elle-même, elle me montra les habits du garde-chasse réunis sur la commode. En un instant, je me transformai en marié de l'autre siècle. Sylvie m'attendait sur l'escalier, et nous descendîmes tous deux en nous tenant par la main. La tante poussa un cri en se retournant :

— O mes enfants ! dit-elle.

Et elle se mit à pleurer, puis sourit à travers ses larmes. C'était l'image de sa jeunesse, cruelle et charmante apparition ! Nous nous assîmes auprès d'elle, attendris et presque graves ; puis la gaieté nous revint bientôt, car, le premier moment passé, la bonne vieille ne songea plus qu'à se rappeler les fêtes pompeuses de sa noce. Elle retrouva même dans sa mémoire les chants alternés, d'usage alors, qui se répondaient d'un bout à l'autre de la table nuptiale, et le naïf épithalame qui accompagnait les mariés rentrant après la danse. Nous répétions ces strophes si simplement rythmées, avec les assonances du temps ; amoureuses et fleuries comme le cantique de l'Ecclésiaste ; — nous étions l'époux et l'épouse pour tout un beau matin d'été.

CHAALIS

Il est quatre heures du matin ; la route plonge dans un pli de terrain ; elle remonte. La voiture va passer à Orry, puis à la Chapelle. A gauche, il y a une route qui longe le bois d'Hallate. C'est par là qu'un soir le frère de Sylvie m'a conduit dans sa carriole à une solennité du pays. C'était, je crois, le soir de la Saint-Barthélemy. A travers les bois, par des routes peu frayées, son petit cheval volait

comme au sabbat. Nous rattrapâmes le pavé à
Mont-l'Évêque, et, quelques minutes plus tard,
nous nous arrêtions à la maison du garde, à l'ancienne abbaye de Châalis. — Châalis, encore un
souvenir !

Cette vieille retraite des empereurs n'offre plus
à l'admiration que les ruines de son cloître aux
arcades byzantines, dont la dernière rangée se dé-
coupe encore sur les étangs, — reste oublié des
fondations pieuses comprises parmi ces domaines
qu'on appelait autrefois les métairies de Charle-
magne. La religion, dans ce pays isolé du mouvement des routes et des villes, a conservé des
traces particulières du long séjour qu'y ont fait
les cardinaux de la maison d'Este à l'époque des
Médicis : ses attributs et ses usages ont encore
quelque chose de galant et de poétique, et l'on
respire un parfum de la Renaissance sous les arcs
des chapelles. à fines nervures, décorées par les
artistes de l'Italie. Les figures des saints et des
anges se profilent en rose sur les voûtes peintes
d'un bleu tendre, avec des airs d'allégorie païenne
qui font songer aux sentimentalités de Pétrarque
et au mysticisme fabuleux de Francesco Colonna.

Nous étions des intrus, le frère de Sylvie et moi,
dans la fête particulière qui avait lieu cette nuit-
là. Une personne de très illustre naissance, qui
possédait alors ce domaine, avait eu l'idée d'inviter
quelques familles du pays à une sorte de représentation allégorique où devaient figurer quelques
pensionnaires d'un couvent voisin. Ce n'était pas
une réminiscence des tragédies de Saint-Cyr, cela
remontait aux premiers essais lyriques importés
en France du temps des Valois. Ce que je vis jouer

était comme un mystère des anciens temps. Les
costumes, composés de longues robes, n'étaient
variés que par les couleurs de l'azur, de l'hyacinthe
ou de l'aurore. La scène se passait entre les anges,
sur les débris du monde détruit. Chaque voix
chantait une des splendeurs de ce globe éteint, et
l'ange de la mort définissait les causes de sa des-
truction. Un esprit montait de l'abîme, tenant en
main l'épée flamboyante, et convoquait les autres
à venir admirer la gloire du Christ vainqueur des
enfers. Cet esprit, c'était Adrienne transfigurée
par son costume, comme elle l'était déjà par sa
vocation. Le nimbe de carton doré qui ceignait sa
tête angélique nous paraissait bien naturellement
un cercle de lumière ; sa voix avait gagné en force
et en étendue, et les fioritures infinies du chant
italien brodaient de leurs gazouillements d'oiseau
les phrases sévères d'un récitatif pompeux.

En me retraçant ces détails, j'en suis à me demander s'ils sont réels, ou bien si je les ai rêvés.
Le frère de Sylvie était un peu gris, ce soir-là. Nous
nous étions arrêtés quelques instants dans la maison du garde, où, — ce qui m'a frappé beaucoup,
— il y avait un cygne éployé sur la porte, puis, au
dedans, de hautes armoires en noyer sculpté, une
grande horloge dans sa gaîne, et des trophées
d'arcs et de flèches d'honneur au-dessus d'une
carte de tir rouge et verte. Un nain bizarre, coiffé
d'un bonnet chinois, tenant d'une main une bou-
teille et de l'autre une bague, semblait inviter les
tireurs à viser juste. Ce nain, je le crois bien, était
en tôle découpée. Mais l'apparition d'Adrienne est-
elle aussi vraie que ces détails et que l'existence
incontestable de l'abbaye de Châalis? Pourtant

c'est bien le fils du garde qui nous avait introduits dans la salle où avait lieu la représentation ; nous étions près de la porte, derrière une nombreuse compagnie assise et gravement émue. C'était le jour de la Saint-Barthélemy, — singulièrement lié au souvenir des Médicis, dont les armes accolées à celles de la maison d'Este décoraient ces vieilles murailles... Ce souvenir est une obsession peut-être ! — Heureusement, voici la voiture qui s'arrête sur la route du Plessis ; j'échappe au monde des rêveries, et je n'ai plus qu'un quart d'heure de marché pour gagner Loisy par des routes bien peu frayées.

LE BAL DE LOISY

Je suis entré au bal de Loisy à cette heure mélancolique et douce encore où les lumières pâlissent et tremblent aux approches du jour. Les tilleuls, assombris par en bas, prenaient à leurs cimes une teinte bleuâtre. La flûte champêtre ne luttait plus si vivement avec les trilles du rossignol. Tout le monde était pâle, et dans les groupes dégarnis j'eus peine à rencontrer des figures connues. Enfin j'aperçus la grande Lise, une amie de Sylvie. Elle m'embrassa.

— Il y a longtemps qu'on ne t'a vu, Parisien ! dit-elle.

— Oh ! oui, longtemps.

— Et tu arrives à cette heure-ci ?

— Par la poste.

— Et pas trop vite !

— Je voulais voir Sylvie ? est-elle encore au bal ?

— Elle ne sort qu'au matin ; elle aime tant à
danser.

En un instant, j'étais à ses côtés. Sa figure
était fatiguée ; cependant, son œil noir brillait toujours du sourire athénien d'autrefois. Un jeune
homme se tenait près d'elle. Elle lui fit signe qu'elle
renonçait à la contredanse suivante. Il se retira en
saluant.

Le jour commençait à se faire. Nous sortîmes
du bal, nous tenant par la main. Les fleurs de la
chevelure de Sylvie se penchaient dans ses cheveux dénoués ; le bouquet de son corsage s'ef-
feuillait aussi sur les dentelles fripées, savant ouvrage de sa main. Je lui offris de l'accompagner
chez elle. Il faisait grand jour, mais le temps était
sombre. La Thève bruissait à notre gauche, laissant
à ses coudes des remous d'eau stagnante où s'épa-
nouissaient les nénufars jaunes et blancs, où écla-
tait comme des pâquerettes la frêle broderie des
étoiles d'eau. Les plaines étaient couvertes de
javelles et de meules de foin, dont l'odeur me portait à la tête sans m'enivrer, comme faisait autrefois
la fraîche senteur des bois et des halliers d'épines
fleuries.

Nous n'eûmes pas l'idée de les traverser de
nouveau.

— Sylvie, lui dis-je, vous ne m'aimez plus !

Elle soupira.

— Mon ami, dit-elle, il faut se faire une raison :
les choses ne vont pas comme nous voulons, dans
la vie. Vous m'avez parlé autrefois de la *Nouvelle
Héloïse*, je l'ai lue, et j'ai frémi en tombant d'abord
sur cette phrase : « Toute jeune fille qui lira ce
livre est perdue. » Cependant, j'ai passé outre, me

fiant sur ma raison. Vous souvenez-vous du jour
où nous avons revêtu les habits de noces de la
tante?... Les gravures du livre présentaient aussi
les amoureux sous de vieux costumes du temps
passé, de sorte que pour moi vous étiez Saint-
Preux, ei je me retrouvais dans Julie. Ah! que
n'êtes-vous revenu alors! Mais vous étiez, dit-on,
en Italie. Vous en avez vu là de bien plus jolies
que moi!

— Aucune, Sylvie, qui ait votre regard et les
traits purs de votre visage. Vous êtes une nymphe
antique qui s'ignore... D'ailleurs, les bois de cette
contrée sont aussi beaux que ceux de la campagne
romaine. Il y a là-bas des masses de granit non
moins sublimes, et une cascade qui tombe du haut
des rochers, comme celle de Terni. Je n'ai rien vu
là-bas que je puisse regretter ici.

— Et à Paris? dit-elle.

— A Paris?...

Je secouai la tête sans répondre.

Tout à coup je pensai à l'image vaine qui m'avait
égaré si longtemps.

— Sylvie, dis-je, arrêtons-nous ici, le voulez-
vous?

Je me jetai à ses pieds; je confessai en pleurant
à chaudes larmes mes irrésolutions, mes caprices;
j'invoquai le spectre funeste qui traversait ma vie.

— Sauvez-moi! ajoutai-je, je reviens à vous pour
toujours.

Elle tourna vers moi ses regards attendris...

En ce moment, notre entretien fut interrompu
par de violents éclats de rire. C'était le frère de
Sylvie qui nous rejoignait avec cette bonne gaieté
rustique, suite obligée d'une nuit de fête, que des

rafraîchissements nombreux avait développée outre
mesure. Il appelait le galant du bal, perdu au loin
dans les buissons d'épines et qui ne tarda pas à
nous rejoindre. Ce garçon n'était guère plus solide
sur ses pieds que son compagnon, il paraissait plus
embarrassé encore de la présence d'un Parisien
que de celle de Sylvie. Sa figure candide, sa dé-
férence mêlée d'embarras, m'empêchaient de lui
en vouloir d'avoir été le danseur pour lequel on
était resté si tard à la fête. Je le jugeais peu dan-
gereux.

— Il faut rentrer à la maison, dit Sylvie à son
frère. — A tantôt! me dit-elle en me tendant la
joue.

L'amoureux ne s'offensa pas.

ERMENONVILLE

Je n'avais nulle envie de dormir. J'allai à Montagny pour revoir la maison de mon oncle. Une
grande tristesse me gagna dès que j'en entrevis
la façade jaune et les contrevents verts. Tout semblait dans le même état qu'autrefois; seulement,
il fallut aller chez le fermier pour avoir la clef de
la porte. Une fois les volets ouverts, je revis avec
attendrissement les vieux meubles conservés dans
le même état et qu'on frottait de temps en temps,
la haute armoire de noyer, deux tableaux flamands
qu'on disait l'ouvrage d'un ancien peintre, notre
aïeul: de grandes estampes d'après Boucher, et
toute une série encadrée de gravures de l'*Emile*
et de la *Nouvelle Héloïse*, par Moreau; sur la
table, un chien empaillé que j'avais connu vivant,
ancien compagnon de mes courses dans les bois,

le dernier carlin peut-être, car il appartenait à cette race perdue.

— Quant au perroquet, me dit le fermier, il vit toujours ; je l'ai retiré chez moi.

Le jardin présentait un magnifique tableau de végétation sauvage. J'y reconnus, dans un angle, un jardin d'enfant que j'avais tracé jadis. J'entrai tout frémissant dans le cabinet, où se voyait encore la petite bibliothèque pleine de livres choisis, vieux amis de celui qui n'était plus, et sur le bureau quelques débris antiques trouvés dans son jardin, des vases, des médailles romaines, collection locale qui le rendait heureux.

— Allons voir le perroquet, dis-je au fermier.

Le perroquet demandait à déjeuner comme en ses plus beaux jours, et me regarda de cet œil rond, bordé d'une peau chargée de rides qui fait penser au regard expérimenté des vieillards.

Plein des idées tristes qu'amenait ce retour tardif en des lieux si aimés, je sentis le besoin de revoir Sylvie, seule figure vivante et jeune encore qui me rattachât à ce pays. Je repris la route de Loisy. C'était au milieu du jour ; tout le monde dormait fatigué de la fête. Il me vint l'idée de me distraire par une promenade à Ermenonville distant d'une lieue par le chemin de la forêt. C'était par un beau temps d'été. Je pris plaisir d'abord à la fraîcheur de cette route qui semble l'allée d'un parc. Les grands chênes d'un vert uniforme n'étaient variés que par des troncs blancs de bouleau au feuillage frissonnant. Les oiseaux se taisaient, et j'entendais seulement le bruit que fait le pivert en frappant les arbres pour y creuser son nid. Un instant je risquai de me perdre, car les poteaux dont les pa-

lettes annoncent diverses routes n'offrent plus, par
endroits, que des caractères effacés. Enfin, laissant
le *Désert* à gauche, j'arrivai au rond-point de la
danse, où subsiste encore le banc des vieillards.
Tous les souvenirs de l'antiquité philosophique,
ressuscités par l'ancien possesseur du domaine,
me revenaient en foule devant cette réalisation
pittoresque de l'*Anacharsis* et de l'*Émile*.

Lorsque je vis briller les eaux du lac à travers
les branches des saules et des coudriers, je reconnus tout à fait un lieu où mon oncle, dans ses pro-
menades, m'avait conduit bien des fois, c'est le
Temple de la philosophie, que son fondateur
n'a pas eu le bonheur de terminer. Il a la forme du
temple de la Sibylle Tiburtine, et, debout encore,
sous l'abri d'un bouquet de pins, il étale tous ces
grands noms de la pensée qui commencent par
Montaigne et Descartes, et qui s'arrêtent à Rousseau. Cet édifice inachevé n'est qu'une ruine, le
lierre le festonne avec grâce, la ronce envahit les
marches disjointes. Là, tout enfant, j'ai vu des
fêtes où les jeunes filles vêtues de blanc venaient
recevoir des prix d'étude et de sagesse. Où sont
les buissons de rose qui entouraient la colline?
L'églantier et le framboisier en cachent les derniers
plants, qui retournent à l'état sauvage. — Quant
aux lauriers, les a-t-on coupés comme le dit la
chanson des jeunes filles qui ne veulent pas aller
aux bois? Non, ces arbustes de la douce Italie ont
péri sous notre ciel brumeux. Heureusement, le
troëne de Virgile fleurit encore, comme pour
appuyer la parole du maître inscrite au-dessus
de la porte : *Rerum cognoscere causas!* — Oui,
ce temple tombe comme tant d'autres, les hommes

Je lui écrivis des montagnes de Salzbourg. (Page 44.)

oublieux ou fatigués se détourneront de ses abords, la nature indifférente reprendra le terrain que l'art lui disputait; mais la soif de connaître restera éternelle, mobile de toute force et de toute activité!

Voici les peupliers de l'île, et la tombe de Rousseau, vide de ses cendres. O sage! tu nous avais donné le lait des forts, et nous étions trop faibles pour qu'il pût nous profiter. Nous avons oublié tes leçons que savaient nos pères, et nous avons perdu le sens de ta parole, dernier écho des sagesses antiques. Pourtant ne désespérons pas, et, comme tu fis à ton suprême instant, tournons nos yeux vers le soleil!

J'ai revu le château, les eaux paisibles qui le bordent, la cascade qui gémit dans les roches, et cette chaussée réunissant les deux parties du village, dont quatre colombiers marquent les angles. la pelouse qui s'étend au delà comme une savane, dominée par des coteaux ombreux; la tour de Gabrielle se reflète de loin sur les eaux d'un lac factice étoilé de fleurs éphémères; l'écume bouillonne, l'insecte bruit... Il faut échapper à l'air perfide qui s'exhale, en gagnant le grès poudreux du désert et les landes où la bruyère rose relève le vert des fougères. Que tout est solitaire et triste! Le regard enchanté de Sylvie, ses courses folles, ses cris joyeux, donnaient autrefois tant de charme aux lieux que je viens de parcourir! C'était encore une enfant sage, ses pieds étaient nus, sa peau hâlée, malgré son chapeau de paille dont le large ruban flottait pêle-mêle avec sa tresse de cheveux noirs. Nous allions boire du lait à la ferme suisse, et l'on me disait:

— Quelle est jolie ton amoureuse, petit Parisien !

Oh ! ce n'est pas alors qu'un paysan aurait dansé avec elle ! elle ne dansait qu'avec moi, une fois par an, à la fête de l Arc.

LE GRAND FRISÉ

J'ai repris le chemin de Loisy ; tout le monde était éveillé. Sylvie avait une toilette de demoiselle, presque dans le goût de la ville. Elle me fit monter à sa chambre avec toute l'ingénuité d'autrefois. Son œil étincelait toujours dans un sourire plein de charme, mais l'arc prononcé de ses sourcils lui donnait par instants un air sérieux. La chambre était décorée avec simplicité, pourtant les meubles étaient modernes ; une glace à bordure dorée avait remplacé l'antique trumeau, où se voyait un berger d'idylle offrant un nid à une bergère bleue et rose. Le lit à colonnes, chastement drapé de vieille perse à ramages, était remplacé par une couchette de noyer garnie du rideau à flèche ; à la fenêtre, dans la cage où jadis étaient les fauvettes, il y avait des canaris. J'étais pressé de sortir de cette chambre où je ne trouvais rien du passé.

— Vous ne travaillerez point à votre dentelle aujourd'hui ? dis-je à Sylvie.

— Oh ! je ne fais plus de dentelle, on n'en demande plus dans le pays ; même à Chantilly, la fabrique est fermée.

— Que faites-vous donc ?

Elle alla chercher dans un coin de la chambre

un instrument en fer qui ressemblait à une longue pince.

— Qu'est-ce que c'est que cela ?

— C'est ce qu'on appelle la mécanique ; c'est pour maintenir la peau des gants afin de les coudre.

— Ah ! vous êtes gantière, Sylvie ?

— Oui, nous travaillons ici pour Dammartin, cela donne beaucoup dans ce moment ; mais je ne fais rien aujourd'hui ; allons où vous voudrez.

Je tournais les yeux vers la route d'Othys ; elle secoua la tête ; je compris que la vieille tante n'existait plus. Sylvie appela un petit garçon et lui fit seller un âne.

— Je suis encore fatiguée d'hier, dit-elle, mais la promenade me fera du bien ; allons à Châalis.

Et nous voilà traversant la forêt, suivis du petit garçon armé d'une branche. Bientôt Sylvie voulut s'arrêter, et je l'embrassai en l'engageant à s'assoir. La conversation entre nous ne pouvait plus être bien intime. Il fallut lui raconter ma vie à Paris, mes voyages...

— Comment peut-on aller si loin ! dit-elle.

— Je m'en étonne en vous revoyant.

— Oh ! cela se dit.

— Et convenez que vous étiez moins jolie autre-fois.

— Je n'en sais rien.

— Vous souvenez-vous du temps où nous étions enfants et vous la plus grande ?

— Et vous le plus sage !

— Oh ! Sylvie !

— On nous mettait sur l'âne chacun dans un panier.

— Et nous ne nous disions pas *vous*... Te rappelles-tu que tu m'apprenais à pêcher des écrevisses sous les ponts de la Thève et de la Nonette?

— Et toi, te souviens-tu de ton frère de lait qui t'a un jour retiré... *de l'iau.*

— Le *grand frisé!* c'est lui qui m'avait dit qu'on pouvait la passer, l'*iau!*

Je me hâtai de changer la conversation. Ce souvenir m'avait vivement rappelé l'époque où je venais dans le pays, vêtu d'un petit habit à l'anglaise qui faisait rire les paysans. Sylvie seule me trouvait bien mis; mais je n'osais lui rappeler cette opinion d'un temps si ancien. Je ne sais pourquoi ma pensée se porta sur les habits de noces que nous avions revêtus chez la vieille tante à Othys. Je demandai ce qu'ils étaient devenus.

— Ah! la bonne tante, dit Sylvie, elle m'avait prêté sa robe pour aller danser au carnaval à Dammartin, il y a de cela deux ans. L'année d'après, elle est morte, la pauvre tante!

Elle soupirait et pleurait, si bien que je ne pus lui demander par quelle circonstance elle était allée à un bal masqué; mais grâce à ses talents d'ouvrière, je comprenais assez que Sylvie n'était plus une paysanne. Ses parents seuls étaient restés dans leur condition, et elle vivait au milieu d'eux comme une fée industrieuse, répandant l'abondance autour d'elle.

RETOUR

La vue se découvrait au sortir du bois. Nous étions arrivés au bord des étangs de Châalis. Les galeries du cloître, la chapelle aux ogives élancées, la tour féodale et le petit château qui abrita les

amours de Henri IV et de Gabrielle se teignaient
des rougeurs du soir sur le vert sombre de la
forêt.

— C'est un paysage de Walter Scott, n'est-ce
pas ? disait Sylvie.

— Et qui vous a parlé de Walter Scott ? lui dis-
je. Vous avez donc bien lu depuis trois ans !... Moi,
je tâche d'oublier les livres, et ce qui me charme,
c'est de revoir avec vous cette vieille abbaye, où,
tout petits enfants, nous nous cachions dans les
ruines. Vous souvenez-vous, Sylvie, de la peur que
vous aviez quand le gardien nous racontait l'histoire des moines rouges ?

— Oh ! ne m'en parlez pas.

— Alors, chantez-moi la chanson de la belle
fille enlevée au jardin de son père, sous le rosier
blanc.

— On ne chante plus cela.

— Seriez-vous devenue musicienne ?

— Un peu.

— Sylvie, Sylvie, je suis sûr que vous chantez
des airs d'opéra !

— Pourquoi vous plaindre ?

— Parce que j'aimais les vieux airs, et que vous
ne sauriez plus les chanter.

Sylvie modula quelques sons d'un grand air
d'opéra moderne... Elle *phrasait !*

Nous avions tourné les étangs voisins. Voici la
verte pelouse entourée de tilleuls et d'ormeaux,
où nous avons dansé souvent ! J'eus l'amour-
propre de définir les vieux murs carlovingiens et
de déchiffrer les armoiries de la maison d'Este

— Et vous ! comme vous avez lu plus que moi !
dit Sylvie. Vous êtes donc un savant ?

J'étais piqué de son ton de reproche J'avais
jusque-là cherché l'endroit convenable pour re-
nouvelé le moment d'expansion du matin ; mais
que lui dire avec l'accompagnement d'un âne et
d'un petit garçon très éveillé, qui prenait plaisir à
se rapprocher toujours pour entendre parler un
Parisien ? Alors, j'eus le malheur de raconter l'apparition de Châalis, restée dans mes souvenirs,
Je menai Sylvie dans la salle même du château où
j'avais entendu chanter Adrienne.

— Oh ! que je vous entende ! lui dis-je ; que
votre voix chérie résonne sous ces voûtes et en
chasse l'esprit qui me tourmente, fût-il divin ou
bien fatal ! .

Elle répéta les paroles et le chant après moi :

> Anges, descendez promptement
> Au fond du purgatoire !...

— C'est bien triste ! me dit-elle.

— C'est sublime... Je crois que c'est du Por-
pora, avec des vers traduits au seizième siècle.

— Je ne sais pas, répondit Sylvie.

Nous sommes revenus par la vallée, en suivant
le chemin de Charlepont, que les paysans, peu
étymologistes de leur nature, s'obstinent à appeler *Châllepont*. Sylvie, fatiguée de l'âne, s'ap-
puyait sur mon bras. La route était déserte ; j'es-
sayai de parler des choses que j'avais dans le
cœur ; mais, je ne sais pourquoi, je ne trouvais
que des expressions vulgaires, ou bien tout à
coup quelque phrase pompeuse de roman, — que
Sylvie pouvait avoir lue. Je m'arrêtais alors avec
un goût tout classique, et elle s'étonnait parfois
de ces effusions interrompues. Arrivés aux murs

de Saint-S..., il fallait prendre garde à notre
marche. On traverse des prairies humides où ser-
pentent les ruisseaux.

— Qu'est devenue la religieuse? dis-je tout à
coup.

— Ah! vous êtes terrible avec votre religieuse...
Eh bien!... eh bien! cela a mal tourné.

Sylvie ne voulut pas m'en dire un mot de plus.

Les femmes sentent elles vraiment que telle ou
telle parole passe sur les lèvres sans sortir du
cœur? On ne le croirait pas, à les voir si facile-
ment abusées, à se rendre compte des choix
qu'elles font le plus souvent : il y a des hommes
qui jouent si bien la comédie de l'amour! Je n'ai
jamais pu m'y faire, quoique sachant que cer-
taines acceptent sciemment d'être trompées. D'ailleurs un amour qui remonte à l'enfance est quelque chose de sacré... Sylvie, que j'avais vue
grandir, était pour moi comme une sœur. Je ne
pouvais tenter une séduction... Une toute autre
idée vint traverser mon esprit.

— A cette heure-ci, me dis-je, je serais au
théâtre... Qu'est-ce qu'Aurélie (c'était le nom de
l'actrice) doit donc jouer ce soir? Evidemment
le rôle de la princesse dans le drame nouveau.
Oh! le troisième acte, qu'elle y est touchante!...
Et dans la scène d'amour du second! avec ce
jeune premier tout ridé...

— Vous êtes dans vos réflexions? dit Sylvie.
Et elle se mit à chanter :

> A Dammartin, l'y a trois belles filles :
> L'y en a z'une plus belle que le jour...

— Ah ! méchante ! m'écriai-je, vous voyez bien que vous en savez encore, des vieilles chansons.

— Si vous veniez plus souvent ici, j'en retrouverais, dit-elle, mais il faut songer au solide. Vous avez vos affaires de Paris, j'ai mon travail ; ne rentrons pas trop tard ; il faut que demain je sois levée avec le soleil.

LE PÈRE DODU

J'allais répondre, j'allais tomber à ses pieds, j'allais offrir la maison de mon oncle, qu'il m'était possible encore de racheter, car nous étions plusieurs héritiers, et cette petite propriété était restée indivise ; mais en ce moment nous arrivions à Loisy. On nous attendait pour souper. La soupe à l'oignon répandait au loin son parfum patriarcal. Il y avait des voisins invités pour ce lendemain de fête. Je reconnus tout de suite un vieux bûcheron, le père Dodu, qui racontait jadis aux veillées des histoires si comiques ou si terribles. Tour à tour berger, messager, garde-chasse, pêcheur, braconnier même, le père Dodu fabriquait à ses moments perdus des coucous et des tournebroches. Pendant longtemps, il s'était consacré à promener les Anglais dans Ermenonville, en les conduisant aux lieux de méditation de Rousseau et en leur racontant ses derniers moments. C'était lui qui avait été le petit garçon que le philosophe employait à classer ses herbes, et qui donna l'ordre de cueillir les ciguës dont il exprima le suc dans sa tasse de café au lait. L'aubergiste de la *Croix d'or* lui contestait ce détail ; de là des haines prolongées. On avait longtemps reproché au père Dodu la possession de quelques secrets innocents, comme de guérir les vaches avec un verset dit à rebours et le signe de croix figuré du pied gauche ; mais il avait de bonne heure renoncé à ces superstitions, — grâce au souvenir, disait-il, des conversations de Jean-Jacques.

— Te voilà, petit Parisien ! me dit le père Dodu. Tu viens pour débaucher nos filles ?

— Moi, père Dodu ?

— Tu les emmènes dans les bois pendant que le loup n'y est pas !

— Père Dodu, c'est vous qui êtes le loup.

— Je l'ai été tant que j'ai trouvé des brebis ; à présent, je ne rencontre plus que des chèvres, et qu'elles savent bien se défendre ! Mais, vous autres, vous êtes des malins à Paris. Jean-Jacques avait bien raison de dire : « L'homme se corrompt dans l'air empoisonné des villes. »

— Père Dodu, vous savez trop bien que l'homme se corrompt partout.

Le père Dodu se mit à entonner un air à boire ; on voulut en vain l'arrêter à un certain couplet scabreux que tout le monde savait par cœur. Sylvie ne voulut pas chanter, malgré nos prières, disant qu'on ne chantait plus à table. J'avais remarqué déjà que l'amoureux de la veille était assis à sa gauche. Il y avait je ne sais quoi dans sa figure ronde, dans ses cheveux ébouriffés, qui ne m'était pas inconnu. Il se leva et vint derrière ma chaise en disant :

— Tu ne me reconnais donc pas, Parisien ?

Une bonne femme, qui venait de rentrer au dessert après nous avoir servis, me dit à l'oreille :

— Vous ne reconnaissez pas votre frère de lait ?

Sans cet avertissement, j'allais être ridicule.

— Ah ! c'est toi, *grand frisé*, dis-je, c'est toi, le
même qui m'as retiré de l'*iau* !

Sylvie riait aux éclats de cette reconnaissance.

— Sans compter, disait ce garçon en m'embras-
sant, que tu avais une belle montre en argent, tu
étais bien plus inquiet de ta montre que de toi-
même, parce qu'elle ne marchait plus ; tu disais :
« La *bête* est *noyée*, ça ne fait plus tic-tac ; qu'est-ce
que mon oncle va dire ?... »

— Une bête dans une montre ! dit le père Dodu,
voilà ce qu'on leur fait croire à Paris, aux enfants !

Sylvie avait sommeil, je jugeai que j'étais perdu
dans son esprit. Elle remonta à sa chambre, et,
pendant que je l'embrassais, elle dit :

— A demain, venez nous voir !

Le père Dodu était resté à table avec Sylvain et
mon frère de lait ; nous causâmes longtemps autour
d'un flacon de *ratafia* de Louvres.

— Les hommes sont égaux, dit le père Dodu
entre deux couplets ; je bois avec un pâtissier
comme je ferais avec un prince.

— Où est le pâtissier ? dis-je.

— Regarde à côté de toi ! un jeune homme qui
a l'ambition de s'établir.

Mon frère de lait parut embarrassé. J'avais tout
compris. C'est une fatalité qui m'était réservée
d'avoir un frère de lait dans un pays illustré par
Rousseau, — qui voulait supprimer les nourrices !
Le père Dodu m'apprit qu'il était fort question du
mariage de Sylvie avec le *grand frisé*, qui voulait
aller former un établissement de pâtisserie à
Dammartin. Je n'en demandai pas davantage. La
voiture de Nanteuil-le-Haudoin me ramena le
lendemain à Paris.

AURÉLIE

A Paris ! — La voiture met cinq heures. Je n'étais pressé d'arriver que pour le soir. Vers huit heures, j'étais assis dans ma stalle accoutumée ; Aurélie répandit son inspiration et son charme sur des vers faiblement inspirés de Schiller, que l'on devait à un talent de l'époque. Dans la scène du jardin, elle devint sublime. Pendant le quatrième acte, où elle ne paraissait pas, j'allai acheter un bouquet chez madame Prévot. J'y insérai une lettre fort tendre signée *un inconnu*.

Je me dis :

— Voilà quelque chose de fixé pour l'avenir.

Et, le lendemain, j'étais sur la route d'Allemagne.

Qu'allais-je y faire ? Essayer de remettre de l'ordre dans mes sentiments. — Si j'écrivais un roman, jamais je ne pourrais faire accepter l'histoire d'un cœur épris de deux amours simultanées. Sylvie m'échappait par ma faute ; mais la revoir un jour avait suffi pour relever mon âme ; je la plaçais désormais comme une statue souriante dans le temple de la Sagesse. Son regard m'avait arrêté au bord de l'abîme. Je repoussais avec plus de force encore l'idée d'aller me présenter à Aurélie, pour lutter avec tant d'amoureux vulgaires qui brillaient un instant près d'elle et retombaient brisés.

— Nous verrons quelque jour, me dis-je, si cette femme a un cœur.

Un matin, je lus dans un journal qu'Aurélie était malade. Je lui écrivis des montagnes de Salzbourg.

La lettre était si empreinte de mysticisme germa-
nique, que je ne demandais pas de réponse. Je
comptais un peu sur le hasard et sur... l'*inconnu*.

Des mois se passèrent. A travers mes courses et
mes loisirs, j'avais entrepris de fixer dans une
action poétique les amours du peintre Colonna
pour la belle Laura, que ses parents firent religieuse, et qu'il aima jusqu'à la mort. Quelque
chose dans ce sujet se rapportait à mes préoccupa-
tions constantes. Le dernier vers du drame écrit,
je ne songeai plus qu'à revenir en France.

Que dire maintenant qui ne soit l'histoire de
t nt d'autres ? J'ai passé par tous les cercles de
ces lieux d'épreuves qu'on appelle théâtres. « J'ai
mangé du tambour et bu de la cymbale », comme
dit la phrase dénuée de sens apparent des initiés
d'Eleusis. Elle signifie sans doute qu'il faut au
besoin passer les bornes du non-sens et de l'absur-
dité : la raison pour moi, c'était de conquérir et de
fixer mon idéal.

Aurélie avait accepté le rôle principal dans le
drame que je rapportais d'Allemagne. Je n'oublie-
rai jamais le jour où elle me promit de lui lire la
pièce. Les scènes d'amour étaient préparées à son
intention. Je crois bien que je les dis avec âme, mais
surtout avec enthousiasme. Dans la conversation
qui suivit, je me révélai comme l'*inconnu* des deux
lettres. Elle me dit :

— Vous êtes bien fou, mais revenez me voir...
Je n'ai jamais pu trouver quelqu'un qui sût m'aimer.

O femme ! tu cherches l'amour... Et moi,
donc ?

Les jours suivants, j'écrivis les lettres les plus

tendres, les plus belles que sans doute elle eût jamais reçues. J'en recevais d'elle, et elle m'avoua qu'il lui était difficile de rompre un attachement plus ancien.

— Si c'est bien *pour moi* que vous m'aimez, dit-elle, vous comprenez que je ne puis être qu'à un seul.

Deux mois plus tard, je reçus une lettre pleine d'effusion. Je courus chez elle, — Quelqu'un me donna dans l'intervalle un détail précieux. Le beau jeune homme que j'avais rencontré une nuit au cercle venait de prendre un engagement dans les spahis.

L'été suivant, il y avait des courses à Chantilly. La troupe du théâtre où jouait Aurélie donnait là une représentation. Une fois dans le pays, la troupe était pour trois jours aux ordres du régisseur. Je m'étais fait l'ami de ce brave homme, ancien Dorante des comédies de Marivaux, longtemps jeune premier drame, et dont le dernier succès avait été le rôle d'amoureux dans la pièce imitée de Schiller, où mon binocle me l'avait montré si ridé. De près, il paraissait plus jeune, et resté maigre, il produisait encore de l'effet dans les provinces. Il avait du feu. J'accompagnai la troupe. en qualité de *seigneur poète* ; je persuadai au régisseur d'aller donner des représentations à Senlis et à Dammartin. Il penchait d'abord pour Compiègne ; mais Aurélie fut de mon avis. Le lendemain, pendant qu'on allait traiter avec les propriétaires des salles et les autorités, je louai des chevaux, et nous prîmes la route des étangs de Commelle, pour aller déjeuner au château de la reine Blanche. Aurélie, en amazone, avec ses che

veux blonds flottants, traversait la forêt comme
une reine d'autrefois, et les paysans s'arrêtaient
éblouis. — Madame de F... était la seule qu'ils
eussent vue si imposante et si gracieuse dans ses
saluts. — Après le déjeuner, nous descendîmes
dans des villages rappelant ceux de la Suisse, où
l'eau de la Nonette fait mouvoir des scieries. Ces
aspects chers à mes souvenirs l'intéressaient sans
l'arrêter. J'avais projeté de conduire Aurélie au
château, près d'Orry, sur la même place verte où
pour la première fois j'avais vu Adrienne. — Nulle
émotion ne parut en elle. Alors je lui racontai tout,
je lui dis la source de cet amour entrevu dans les
nuit, rêvé plus tard, réalisé en elle. Elle m'écoutait
sérieusement et me dit :

— Vous ne m'aimez pas ! Vous attendez que je
vous dise : « La comédienne est la même que la
religieuse ; » vous cherchez un drame, voilà tout,
et le dénouement vous échappe. Allez, je ne vous
crois plus !

Cette parole fut un éclair. Ces enthousiasmes
bizarres que j'avais ressentis si longtemps, ces
rêves, ces pleurs, ces désespoirs et ces tendresses...
ce n'était donc pas l'amour ? Mais où donc est-il ?

Aurélie joua le soir à Senlis. Je crus m'apercevoir qu'elle avait un faible pour le régisseur, le
jeune premier ridé. Cet homme était d'un caractère excellent et lui avait rendu des services.

Aurélie m'a dit un jour :
— Celui qui m'aime, le voilà !

DERNIER FEUILLET

Telles sont les chimères qui charment et égarent
au matin de la vie. J'ai essayé de les fixer sans

beaucoup d'ordre, mais bien des cœurs me comprendront. Les illusions tombent les unes après les autres comme les écorces d'un fruit, et le fruit c'est l'expérience. Sa saveur est amère ; elle a pourtant quelque chose d'âcre qui fortifie, — qu'on me pardonne ce style vieilli. Rousseau dit que le spectacle de la nature console de tout. Je cherche parfois à retrouver mes bosquets de Clarens perdus au nord de Paris, dans les brumes. Tout cela est bien changé !

Ermenonville ! pays où fleurissait encore l'idylle antique, traduite une seconde fois d'après Gessner ! tu as perdu ta seule étoile, qui chatoyait pour moi d'un double éclat. Tour à tour bleue et rose comme l'astre trompeur d'Aldebaran, c'était Adrienne ou Sylvie, — c'étaient les deux moitiés d'un seul amour. L'une était l'idéal sublime, l'autre la douce réalité. Que me font maintenant tes ombrages et tes lacs, et même ton désert? Othys, Montagny, Loisy, pauvres hameaux voisins, Châalis, — que l'on restaure, — vous n'avez rien gardé de tout ce passé ! Quelquefois, j'ai besoin de revoir ces lieux de solitude et de rêverie. J'y relève tristement en moi-même les traces fugitives d'une époque où le naturel était affecté ; je souris parfois en lisant sur le flanc des granits certains vers de Roucher, qui m'avaient paru sublimes, — ou des maximes de bienfaisance audessous d'une fontaine ou d'une grotte consacrée à Pan. Les étangs, creusés à si grands frais, étalent en vain leur eau morte que le cygne dédaigne. Il n'est plus, le temps où les chasses de Condé passaient avec leurs amazones fières, où les cors se répondaient de loin, multipliés par les

Eh quoi ! leur cria-t-il, vous ne me reconnaissez pas ?
(Page 59.)

4

échos !... Pour se rendre à Ermenonville, on ne
trouve plus aujourd'hui de route directe. Quelquefois, j'y vais par Creil et Senlis ; d'autres fois par
Dammartin.

A Dammartin, l'on n'arrive jamais que le soir.
Je vais coucher alors à l'*Image Saint-Jean*. On me
donne d'ordinaire une chambre assez propre ten-
due en vieilles tapisseries, avec un trumeau au-dessus de la glace. Cette chambre est un dernier retour vers le bric-à-brac, auquel j'ai depuis longtemps renoncé. On y dort chaudement sous l'édre-
don, qui est d'usage dans ce pays. Le matin,
quand j'ouvre la fenêtre, encadrée de vigne et de
rose, je découvre avec ravissement un horizon vert
de dix lieues, où les peupliers s'alignent comme
des armées. Quelques villages s'abritent çà et là
sous leurs clochers aigus, construits, comme on
dit là, en pointe d'ossements. On distingue d'abord
Othys, puis — Ève, puis Ver ; on distinguerait
Ermenonville à travers le bois s'il avait un clocher;
mais dans ce lieu philosophique, on a bien négligé
l'église. Après avoir rempli mes poumons de l'air
si pur qu'on respire sur ces plateaux, je descends
gaiement et je vais faire un tour chez le pâtissier.
« Te voilà, grand frisé ! — Te voilà, petit Parisien ! » Nous nous donnons les coups de poing ami-
caux de l'enfance, puis je gravis un escalier où les
joyeux cris de deux enfants accueillent ma venue.
Le sourire athénien de Sylvie illumine ses traits
charmés. Je me dis :

— Là était le bonheur peut-être ; cependant...

Je l'appelle quelquefois Lolotte, et elle me
trouve un peu de ressemblance avec Werther
moins les pistolets, qui ne sont plus de mode.

Pendant que le *grand frisé* s'occupe du déjeuner, nous allons promener les enfants dans les allées de tilleuls qui ceignent les débris des vieilles tours de brique du château. Tandis que ces petits s'exercent, au tir des compagnons de l'arc, à ficher dans la paille les flèches paternelles, nous lisons quelques poésies ou quelques pages de ces livres si courts qu'on ne fait plus guère.

J'oubliais de dire que, le jour où la troupe dont faisait partie Aurélie a donné une représentation à Dammartin, j'ai conduit Sylvie au spectacle, et je lui ai demandé si elle ne trouvait pas que l'actrice ressemblait à une personne qu'elle avait connue déjà.

— A qui donc ?

— Vous souvenez-vous d'Adrienne ?

Elle partit d'un grand éclat de rire en disant :

— Quelle idée !

Puis, comme se le reprochant, elle reprit en soupirant :

— Pauvre Adrienne ! elle est morte au couvent de Saint-S..., vers 1832.

ÉMILIE

———

— Personne n'a bien su l'histoire du lieutenant
Desroches, qui se fit tuer l'an passé au combat de
Hambergen, deux mois après ses noces. Si ce fut
là un véritable suicide, que Dieu veuille lui par-
donner ! Mais, certes, celui qui meurt en défen-
dant sa patrie ne mérite pas que son action soit
nommée ainsi, quelle qu'ait été sa pensée d'ailleurs.

— Nous voilà retombés, dit le docteur, dans le
chapitre des capitulations de conscience. Desroches était un philosophe décidé à quitter la vie :
il n'a pas voulu que sa mort fût inutile ; il s'est
élancé bravement dans la mêlée ; il a tué le plus
d'Allemands qu'il a pu, en disant : « Je ne puis
mieux faire à présent ; je meurs content. » Et il a
crié : *Vive l'Empereur !* en recevant le coup de
sabre qui l'a abattu. Dix soldats de sa compagnie
vous le diront.

— Et ce n'en fut pas moins un suicide, répliqua
Arthur. Toutefois, je pense qu'on aurait eu tort de
lui fermer l'église...

— A ce compte, vous flétririez le dévouement
de Curtius. Ce jeune chevalier romain était peut-
être ruiné par le jeu, malheureux dans ses amours,
las de la vie, qui sait ? Mais, assurément, il est
beau, en songeant à quitter le monde, de rendre
sa mort utile aux autres ; et voilà pourquoi cela ne
peut s'appeler un suicide, car le suicide n'est autre
chose que l'acte suprême de l'égoïsme, et c'est
pour cela seulement qu'il est flétri parmi les
hommes... A quoi pensez-vous, Arthur ?

— Je pense à ce que vous disiez tout à l'heure,
que Desroches, avant de mourir, avait tué le plus
d'Allemands possible...

— Eh bien ?

— Eh bien, ces braves gens sont allés rendre
devant Dieu un triste témoignage de la belle mort
du lieutenant, vous me permettrez de dire que
c'est là un *suicide* bien *homicide*.

— Eh ! qui va songer à cela ? Des Allemands, ce
sont des ennemis.

— Mais y en a-t-il pour l'homme résolu à *mourir ?* A ce moment-là, tout instinct de nationalité
s'efface, et je doute que l'on songe à un autre pays
que l'autre monde et à un autre empereur que
Dieu. Mais l'abbé nous écoute sans rien dire, et
cependant j'espère que je parle ici selon ses idées.

— Allons, l'abbé, dites-nous votre opinion et
tâchez de nous mettre d'accord ; c'est là une mine
de controverse assez abondante, et l'histoire de
Desroches, ou plutôt ce que nous en croyons savoir, le docteur et moi, ne paraît pas moins téné-
breuse que les profonds raisonnements qu'elle a
soulevés parmi nous.

— Oui, dit le docteur, Desroches, à ce qu'on

prétend, était très affligé de sa dernière blessure,
celle qui l'avait si fort défiguré ; et peut-être a-t-il
surpris quelque raillerie de sa nouvelle épouse ;
les philosophes sont susceptibles. En tout cas, il
est mort, et volontairement.

— Volontairement, puisque vous y persistez ;
mais n'appelez pas suicide la mort qu'on trouve
dans une bataille ; vous ajouteriez un contre-sens
de mots à celui que peut-être vous faites en pensée ; on meurt dans une mêlée parce qu'on y rencontre quelque chose qui tue ; ne meurt pas qui
veut.

— Eh bien, voulez-vous que ce soit la fatalité ?

— A mon tour, interrompit l'abbé, qui s'était
recueilli pendant cette discussion : il vous sem-
blera singulier peut-être que je combatte vos paradoxes ou vos suppositions...

— Eh bien, parlez, parlez ; vous en savez plus
que nous, assurément. Vous habitez Bitche depuis
longtemps ; on dit que Desroches vous connaissait
et peut-être même s'est-il confessé à vous...

— En ce cas, je devrais me taire ; mais il n'en
fut rien malheureusement, et, toutefois, la mort
de Desroches fut chrétienne, croyez-moi ; et je
vais vous en raconter les causes et les circonstances, afin que vous emportiez cette idée que ce
fut là encore un honnête homme, ainsi qu'un bon
soldat, mort à temps pour l'humanité, pour lui-
même, et selon les desseins de Dieu.

» Desroches était entré dans un régiment à
quatorze ans, à l'époque où, la plupart des hommes
s'étant fait tuer sur la frontière, notre armée répu-
blicaine se recrutait parmi les enfants. Faible de
corps, mince comme une jeune fille, et pâle, ses

camarades souffraient de lui voir porter un fusil
sous lequel ployait son épaule. Vous devez avoir
entendu dire qu'on obtint du capitaine l'autorisa-
tion de le lui rogner de six pouces. Ainsi accom-
modée à ses forces, l'arme de l'enfant fit mer-
veilles dans les guerres de Flandre ; plus tard,
Desroches fut dirigé sur Haguenau, dans ce pays
où nous faisons, c'est-à-dire où vous faisiez la
guerre depuis si longtemps.

» A l'époque dont je vais vous parler, Desroches
était dans la force de l'âge et servait d'enseigne
au régiment bien plus que le numéro d'ordre et le
drapeau, car il avait à peu près seul survécu à
deux renouvellements, et il venait enfin d'être
nommé lieutenant quand, à Bergheim, il y a vingt-
sept mois, en commandant une charge à la baïonnette, il reçut un coup de sabre prussien tout au
travers de la figure. La blessure était affreuse ; les
chirurgiens de l'ambulance, qui l'avaient souvent
plaisanté, lui vierge encore d'une égratignure
après trente combats, froncèrent le sourcil quand
on l'apporta devant eux. « S'il guérit, dirent-ils, le
malheureux deviendra imbécile ou fou. »

» C'est à Metz que le lieutenant fut envoyé pour
se guérir. La civière avait fait plusieurs lieues
sans qu'il s'en aperçût ; installé dans un bon lit et
entouré de soins, il lui fallut cinq ou six mois
pour arriver à se mettre sur son séant, et cent
jours encore pour ouvrir un œil et distinguer les
objets. On lui ordonna bientôt les fortifiants, le
soleil, puis le mouvement, enfin la promenade, et,
un matin, soutenu par deux camarades, il s'ache-
mina tout vacillant, tout étourdi, vers le quai
Saint-Vincent, qui touche presque à l'hôpital mi-

litaire, et, là, on le fit asseoir sur l'esplanade, au
soleil de midi, sous les tilleuls du jardin public :
le pauvre blessé croyait voir le jour pour la première fois.

» A force d'aller ainsi, il put bientôt marcher
seul, et, chaque matin, il s'asseyait sur un banc,
au même endroit de l'esplanade, la tête ensevelie
dans un amas de taffetas noir, sous lequel à peine
on découvrait un coin de visage humain, et sur
son passage, lorsqu'il se croisait avec des prome-
neurs, il était assuré d'un grand salut des hommes,
et d'un geste de profonde commisération des
femmes, ce qui le consolait peu.

» Mais, une fois assis à sa place, il oubliait son
infortune pour ne plus songer qu'au bonheur de
vivre, après un tel ébranlement, et au plaisir de
voir en quel séjour il vivait. Devant lui, la vieille
citadelle, ruinée sous Louis XVI, étalait ses rem-
parts dégradés ; sur sa tête, les tilleuls en fleurs
projetaient leur ombre épaisse ; à ses pieds, dans
la vallée qui se déploie au-dessous de l'esplanade,
les prés Saint-Symphorien que vivifie, en les
noyant, la Moselle débordée, et qui verdissent
entre ses deux bras ; puis le petit îlot, l'oasis de la
poudrière, cette île du Saulcy, semée d'ombrages,
de chaumières ; enfin la chute de la Moselle et ses
blanches écumes, ses détours étincelant au soleil,
puis tout au bout, bornant le regard, la chaîne des
Vosges, bleuâtre et comme vaporeuse au grand
jour, voilà le spectacle qu'il admirait toujours davantage, en pensant que là était son pays, non pas
la terre conquise, mais la province vraiment française, tandis que ces riches départements nou-
veaux, où il avait fait la guerre, n'étaient que des

beautés fugitives, incertaines, comme celles de la
femme gagnée hier, qui ne nous appartiendra
plus demain.

» Vers le mois de juin, aux premiers jours, la
chaleur était grande, et le banc favori de Desroches
se trouvant bien à l'ombre, deux femmes vinrent
s'asseoir près du blessé. Il salua tranquillement
et continua de contempler l'horizon; mais sa posi
tion inspirait tant d'intérêt que les deux femmes
ne purent s'empêcher de le questionner et de le
plaindre.

» L'une des deux, fort âgée, était la tante de
l'autre qui se nommait Emilie, et qui avait pour
occupation de broder des ornements d'or sur de la
soie ou du velours. Desroches questionna comme
on lui en avait donné l'exemple, et la tante lui
apprit que la jeune fille avait quitté Haguenau
pour lui faire compagnie, et qu'elle était depuis
longtemps privée de tous ses autres parents.

» Le lendemain, le banc fut occupé comme la
veille; au bout d'une semaine, il y avait traité
d'alliance entre les trois propriétaires de ce banc
favori, et Desroches, tout faible qu'il était, tout
humilié par les attentions que la jeune fille lui
prodiguait comme au plus inoffensif vieillard,
Desroches se sentit léger, en fonds de plaisanteries
et plus près de se réjouir que de s'affliger de cette
bonne fortune inattendue.

» Alors, de retour à l'hôpital, il se rappela sa
hideuse blessure, cet épouvantail dont il avait
souvent gémi en lui-même, et que l'habitude de la
convalescence lui avait rendu depuis longtemps
moins déplorable.

» Il est certain que Desroches n'avait pu encore

ni soulever l'appareil inutile de sa blessure, ni se regarder dans un miroir. De ce jour-là, cette idée le fit frémir plus que jamais. Cependant, il se hasarda à écarter un coin du taffetas protecteur, et il trouva dessous une cicatrice un peu rose encore, mais qui n'avait rien de trop repoussant. Et, poursuivant cette observation, il reconnut que les différentes parties de son visage s'étaient recousues convenablement entre elles, et que l'œil demeurait fort limpide et fort sain. Il manquait bien quelques brins de sourcils, mais c'était si peu de chose! cette raie oblique qui descendait du front à l'oreille en traversant la joue, c'était... eh bien, c'était un coup de sabre reçu à l'attaque des lignes de Bergheim, et rien n'est plus beau, les chansons l'ont assez dit.

» Donc, Desroches fut étonné de se retrouver si présentable après la longue absence qu'il avait faite de lui-même. Il ramena fort adroitement ses cheveux, qui grisonnaient du côté blessé, sous les cheveux noirs abondants du côté gauche, étendit sa moustache sur la ligne de la cicatrice, le plus loin possible, et, ayant endossé son uniforme neuf, il se rendit le lendemain à l'esplanade d'un air assez triomphant.

» Dans le fait, il s'était si bien redressé, si bien tourné, son épée avait si bonne grâce à battre sa cuisse, et il portait le schako si martialement incliné en avant, que personne ne le reconnut dans le trajet de l'hôpital au jardin ; il arriva le premier au banc des tilleuls, et s'assit comme à l'ordinaire, en apparence, mais au fond bien plus troublé et bien plus pâle, malgré l'approbation du miroir.

» Les deux dames ne tardèrent pas à arriver;

mais elles s'éloignèrent tout à coup en voyant un
bel officier occuper leur place habituelle. Desroches
fut tout ému.

— Eh quoi! leur cria-t-il, vous ne me reconnaissez pas?...

» Ne pensez pas que ces préliminaires nous
conduisent à une de ces histoires où la pitié devient
de l'amour, comme dans les opéras du temps. Le
lieutenant avait désormais des idées plus sérieuses.
Content d'être encore jugé comme un cavalier
passable, il se hâta de rassurer les deux dames,
qui paraissaient disposées, d'après sa transforma-
tion, à revenir sur l'intimité commencée entre eux
trois. Leur réserve ne put tenir devant ses franches
déclarations. L'union était sortable de tous points,
d'ailleurs: Desroches avait un petit bien de famille
près d'Epinal; Emilie possédait, comme héritage
de ses parents, une petite maison à Haguenau,
louée au café de la ville, et qui rapportait encore
cinq à six cents francs de rente. Il est vrai qu'il
en revenait la moitié à son frère Wilhelm, principal
clerc du notaire Schennberg.

» Quand les dispositions furent bien arrêtées, on
résolut de se rendre pour la noce à cette petite
ville, car là était le domicile réel de la jeune fille,
qui n'habitait Metz depuis quelque temps que pour
ne point quitter sa tante. Toutefois, on convint de
revenir à Metz après le mariage. Emilie se faisait
un grand plaisir de revoir son frère. Desroches
s'étonna à plusieurs reprises que ce jeune homme
ne fût pas aux armées comme tous ceux de notre
temps; on lui répondit qu'il avait été réformé pour
cause de santé. Desroches le plaignit vivement.

» Voici donc les deux fiancés et la tante en route

pour Haguenau ; ils ont pris des places dans la
voiture publique qui relaye à Bitche, laquelle était
une simple patache composée de cuir et d'osier.
La route est belle, comme vous savez. Desroches,
qui ne l'avait jamais faite qu'en uniforme, un sabre
à la main, en compagnie de trois à quatre mille
hommes, admirait les solitudes, les roches bizarres,
les horizons bordés par cette dentelure, des monts
revêtus d'une sombre verdure, que de longues
vallées interrompent seulement de loin en loin. Les
riches plateaux de Saint-Avold, les manufactures
de Sarreguemines, les petits taillis compacts de
Limblingue, où les frênes, les peupliers et les
sapins étalent leur triple couche de verdure
nuancée du gris au vert sombre ; vous savez combien tout cela est d'un aspect magnifique et charmant.

» A peine arrivés à Bitche, les voyageurs descendirent à la petite auberge du *Dragon*, et Desroches me fit demander au fort. J'arrivai avec
empressement ; je vis sa nouvelle famille, et je
complimentai la jeune demoiselle, qui était d'une
rare beauté, d'un maintien doux et qui paraissait
fort éprise de son futur époux. Ils déjeunèrent
tous trois avec moi à la place où nous sommes
assis dans ce moment. Plusieurs officiers, camarades de Desroches, attirés par le bruit de son
arrivée, le vinrent chercher à l'auberge et le re-
tinrent à dîner chez l'hôtelier de la redoute, où
l'état-major payait pension. Il fut convenu que les
deux dames se retireraient de bonne heure, et
que le lieutenant donnerait à ses camarades sa
dernière soirée de garçon.

» Le repas fut gai ; tout le monde savourait sa

part du bonheur et de la gaieté que Desroches ramenait avec lui. On lui parla de l'Egypte, de l'Italie, avec transport, en faisant des plaintes amères sur cette mauvaise fortune qui confinait tant de bons soldats dans des forteresses de frontière.

— Oui, murmuraient quelques officiers, nous étouffons ici, la vie est fatigante et monotone; autant vaudrait être sur un vaisseau, que de vivre ainsi sans combats, sans distractions, sans avancement possible. « Le fort est imprenable, » a dit Bonaparte quand il a passé ici en rejoignant l'armée d'Allemagne; nous n'avons donc rien que la chance de mourir d'ennui.

— Hélas! mes amis, répondit Desroches, ce n'était guère plus amusant de mon temps; car j'ai été ici comme vous, et je me suis plaint comme vous aussi. Moi, soldat parvenu jusqu'à l'épaulette à force d'user les souliers du gouvernement dans tous les chemins du monde, je ne savais guère alors que trois choses : l'exercice, la direction du vent et la grammaire, comme on l'apprend chez le magister. Aussi, lorsque je fus nommé sous-lieutenant et envoyé à Bitche avec le 2e bataillon du Cher, je regardais ce séjour comme une excellente occasion d'études sérieuses et suivies. Dans cette pensée, je m'étais procuré une collection de livres, de cartes et de plans. J'ai étudié la théorie et appris l'allemand sans étude, car, dans ce pays français et bon français, on ne parle que cette langue. De sorte que ce temps, si long pour vous qui n'avez plus tant à apprendre, je le trouvais court et insuffisant, et, quand la nuit venait, je me réfugiais dans un petit cabinet de pierre sous la vis du grand escalier; j'allumais ma

lampe en calfeutrant hermétiquement les meur-
trières, et je travaillais. Une de ces nuits-là...

» Ici, Desroches s'arrêta un instant, passa la
main sur ses yeux, vida son verre, et reprit son
récit sans terminer sa phrase.

— Vous connaissez tous, dit-il, ce petit sentier
qui monte de la plaine ici, et que l'on a rendu tout
à fait impraticable, en faisant sauter un gros ro-
cher, à la place duquel à présent s'ouvre un abîme.
Eh bien, ce passage a toujours été meurtrier pour
les ennemis toutes les fois qu'ils ont tenté d'as-
saillir le fort ; à peine engagés dans ce sentier, les
malheureux essuyaient le feu de quatre pièces de
vingt-quatre, qu'on n'a pas dérangées sans doute,
et qui rasaient le sol dans toute la longueur de
cette pente...

— Vous avez dû vous distinguer, dit le colonel
à Desroches ; est-ce là que vous avez gagné la
lieutenance ?

— Oui, colonel, et c'est là que j'ai tué le premier, le seul homme que j'aie frappé en face et de
ma main. C'est pourquoi la vue de ce fort me sera
toujours pénible.

— Que nous dites-vous là ? s'écria-t-on ; quoi !
vous avez fait vingt ans la guerre, vous avez assisté à quinze batailles rangées, à cinquante combats peut-être, et vous prétendez n'avoir jamais
tué qu'un seul ennemi ?

— Je n'ai pas dit cela, messieurs : des dix mille
cartouches que j'ai bourrées dans mon fusil, qui
sait si la moitié n'a pas lancé une balle au but que
le soldat cherche ? Mais j'affirme qu'à Bitche, pour
la première fois, ma main s'est rougie du sang
d'un ennemi et que j'ai fait le cruel essai d'une

pointe de sabre que le bras pousse jusqu'à ce qu'elle crève une poitrine humaine et s'y cache en frémissant.

— C'est vrai, interrompit l'un des officiers, le soldat tue beaucoup et ne le sent presque jamais. Une fusillade n'est pas, à vrai dire, une exécution, mais une intention mortelle. Quant à la baïonnette, elle fonctionne peu dans les charges les plus désastreuses ; c'est un conflit dans lequel l'un des deux ennemis tient ou cède sans porter de coups, les fusils s'entrechoquent, puis se relèvent quand la résistance cesse ; le cavalier, par exemple, frappe réellement.

— Aussi, reprit Desroches, de même que l'on n'oublie pas le dernier regard d'un adversaire tué en duel, son dernier râle, le bruit de sa lourde chute, de même je porte en moi presque comme un remords, riez-en si vous pouvez, l'image pâle et funèbre du sergent prussien que j'ai tué dans la petite poudrière du fort.

» Tout le monde fit silence, et Desroches commença son récit.

» — C'était la nuit, je travaillais, comme je l'ai expliqué tout à l'heure. A deux heures, tout doit dormir, excepté les sentinelles. Les patrouilles sont fort silencieuses, et tout bruit fait esclandre. Pourtant, je crus entendre comme un mouvement prolongé dans la galerie qui s'étendait sous ma chambre ; on heurtait à une porte, et cette porte craquait. Je courus, je prêtai l'oreille au fond du corridor, et j'appelai à demi-voix la sentinelle ; pas de réponse. J'eus bientôt réveillé les canonniers, endossé l'uniforme, et, prenant mon sabre sans fourreau, je courus du côté du bruit. Nous

arrivâmes trente, à peu près, dans le rond-point
que forme la galerie vers son centre, et, à la lueur
de quelques lanternes, nous reconnûmes les Prussiens, qu'un traître avait introduits par la poterne
fermée. Ils se dressaient avec désordre, et, en
nous apercevant, ils tirèrent quelques coups de
fusil, dont l'éclat fut effroyable dans cette pénombre
et sous ces voûtes écrasées. Alors, on se trouva
face à face ; les assaillants continuaient d'arriver ;
les défenseurs descendirent précipitamment dans
la galerie ; on en vint à pouvoir à peine se remuer ;
mais il y avait entre les deux partis un espace de
six à huit pieds, un champ clos que personne ne
songeait à occuper, tant il y avait de stupeur chez
les Français surpris, et de défiance chez les Prussiens désappointés. Pourtant, l'hésitation dura
peu. La scène se trouvait éclairée par des flam-
beaux et des lanternes ; quelques canonniers
avaient suspendu les leurs aux parois ; une sorte
de combat antique s'engagea ; j'étais au premier
rang, je me trouvais en face d'un sergent prussien
de haute taille, tout couvert de chevrons et de dé-
corations. Il était armé d'un fusil, mais il pouvait
à peine le remuer, tant la presse était compacte ;
tous ces détails me sont encore présents, hélas !
Je ne sais s'il songeait même à me résister ; je
m'élançai vers lui, j'enfonçai mon sabre dans ce
noble cœur ; la victime ouvrit horriblement les
yeux, crispa ses mains avec effort, et tomba dans
les bras des autres soldats… Je ne me rappelle pas
ce qui suivit ; je me retrouvai dans la première
cour, tout mouillé de sang ; les Prussiens, refoulés
par la poterne, avaient été reconduits à coups de
canon jusqu'à leurs campements.

Allons prenez-en un autre et donnez-moi la revanche de
cette partie! (Page 78.)

» Après cette histoire, il se fit un long silence,
et puis l'on parla d'autre chose. C'était un triste et
curieux spectacle, pour le penseur, que toutes ces
physionomies de soldats assombries par le récit
d'une infortune si vulgaire en apparence..., et l'on
pouvait savoir au juste ce que vaut la vie d'un
homme, même d'un Allemand, docteur, en inter-
rogeant les regards intimidés de ces tueurs de pro-
fession.

— Il est certain, répondit le docteur un peu
étourdi, que le sang de l'homme crie bien haut,
de quelque façon qu'il soit versé ; cependant, Desroches n'a point fait de mal ; il se défendait.

— Qui le sait? murmura Arthur.

— Vous qui parliez de capitulation de conscience, docteur, dites-nous si cette mort du sergent ne ressemble pas un peu à un assassinat.
Est-il sûr que le Prussien eût tué Desroches ?

— Mais c'est la guerre, que voulez-vous!

— A la bonne heure, oui, c'est la guerre. On
tue à trois cents pas dans les ténèbres un homme qui
ne vous connaît pas et ne vous voit pas ; on égorge
en face, et avec la fureur dans le regard, des gens
contre lesquels on n'a pas de haine, et c'est avec
cette réflexion qu'on s'en console et qu'on s'en
glorifie ! Et cela se fait honorablement entre des
peuples chrétiens !...

» L'aventure de Desroches sema donc différentes
impressions dans l'esprit des assistants. Et puis
l'on alla se mettre au lit. Notre officier oublia le
premier sa lugubre histoire, parce que, de la petite
chambre qui lui était donnée, on apercevait parmi
les massifs d'arbres une certaine fenêtre de l'hôtel

du *Dragon* éclairée de l'intérieur par une veilleuse.
Là dormait tout son avenir. Lorsqu'au milieu de
la nuit, les rondes et le qui-vive venaient le réveiller, il se disait qu'en cas d'alarme son courage
ne pourrait plus comme autrefois galvaniser tout
l'homme, et qu'il s'y mêlerait un peu de regret et
de crainte. Avant l'heure de la diane, le lendemain, le capitaine de garde lui ouvrit là une porte,
et il trouva ses deux amies qui se promenaient en
l'attendant le long des fossés extérieurs. Je les
accompagnai jusqu'à Neunhoffen, car ils devaient
se marier à l'état civil d'Haguenau, et revenir à
Metz pour la bénédiction nuptiale.

» Wilhelm, le frère d'Émilie, fit à Desroches un
accueil assez cordial. Les deux beaux-frères se
regardaient parfois avec une attention opiniâtre,
Wilhelm était d'une taille moyenne, mais bien
prise. Ses cheveux blonds étaient rares déjà,
comme s'il eût été miné par l'étude ou par les cha-
grins ; il portait des lunettes bleues à cause de sa
vue, si faible, disait-il, que la moindre lumière le
faisait souffrir. Desroches apportait une liasse de
papiers que le jeune praticien examina curieuse-
ment, puis il produisit lui-même tous les titres de
sa famille, en forçant Desroches à s'en rendre
compte, mais il avait affaire à un homme confiant,
amoureux et.désintéressé, les enquêtes ne furent
donc pas longues. Cette manière de procéder parut
flatter quelque peu Wilhelm ; aussi commença-t-il
à prendre le bras de Desroches, à lui offrir une de
ses meilleures pipes, et à le conduire.chez tous ses
amis d'Haguenau.

» Partout on fumait et l'on buvait force bière.
Après dix présentations, Desroches demanda

grâce, et on lui permit de ne plus passer ses
soirées qu'auprès de sa fiancée.

» Peu de jours après, les deux amoureux du
banc de l'esplanade étaient deux époux unis par
M. le maire d'Haguenau, vénérable fonctionnaire
qui avait dû être bourgmestre avant la révolution
française, et qui avait tenu dans ses bras bien souvent la petite Emilie, que peut-être il avait enre-
gistrée lui-même à sa naissance ; aussi lui dit-il
bien bas, la veille de son mariage :

» — Pourquoi n'épousez-vous donc pas un bon
Allemand ?

» Emilie paraissait peu tenir à ces distinctions.
Wilhelm lui-même s'était réconcilié avec la moustache du lieutenant, car, il faut le dire, au premier
abord, il y avait eu réserve de la part de ces deux
hommes ; mais, Desroches y mettant beaucoup du
sien, Wilhelm faisant un peu pour sa sœur, et la
bonne tante pacifiant et adoucissant toutes les en-
trevues, on réussit à fonder un parfait accord.
Wilhelm embrassa de fort bonne grâce son beau-
frère après la signature du contrat. Le jour même,
car tout s'était conclu vers neuf heures, les quatre
voyageurs partirent pour Metz. Il était six heures
du soir quand la voiture s'arrêta à Bitche, au grand
hôtel du *Dragon*.

» On voyage difficilement dans ce pays entre-
coupé de ruisseaux et de bouquets de bois ; il y a
dix côtes par lieue, et la voiture du messager se-
coue rudement ses voyageurs. Ce fut là peut-être
la meilleure raison de malaise qu'éprouva la jeune
épouse en arrivant à l'auberge. Sa tante et Desroches s'installèrent auprès d'elle, et Wilhelm,
qui souffrait d'une faim dévorante, descendit dans

la petite salle où l'on servait à huit heures le souper des officiers.

» Cette fois, personne ne savait le retour de
Desroches. La journée avait été employée par la
garnison à des excursions dans les taillis de Hus-
poletden. Desroches, pour n'être pas enlevé au
poste qu'il occupait près de sa femme, défendit à
l'hôtesse de prononcer son nom. Réunis tous trois
près de la petite fenêtre de la chambre, ils virent
rentrer les troupes au fort, et, la nuit s'approchant,
les glacis se bordèrent de soldats en négligé qui
savouraient le pain de munition et le fromage de
chèvre fourni par la cantine.

» Cependant Wilhelm, en homme qui veut
tromper l'heure et la faim, avait allumé sa pipe,
et sur le seuil de la porte il se reposait entre la
fumée du tabac et celle du repas, double volupté
pour l'oisif et pour l'affamé. Les officiers, à l'aspect
de ce voyageur bourgeois dont la casquette était
enfoncée jusqu'aux oreilles et les lunettes bleues
braquées vers la cuisine, comprirent qu'ils ne se-
raient pas seuls à table et voulurent lier connais-
sance avec l'étranger ; car il pouvait venir de loin,
avoir de l'esprit, raconter des nouvelles, et, dans
ce cas, c'était une bonne fortune ; ou arriver des
environs, garder un silence stupide, et alors c'était
un niais dont on pouvait rire.

» Un sous-lieutenant des écoles s'approcha de
Wilhelm avec une politesse qui frisait l'exagéra-
tion.

» — Bonsoir, monsieur ; savez-vous des nouvelles
de Paris ?

» — Non, monsieur ; et vous, dit tranquillement
Wilhelm.

» — Ma foi, monsieur, nous ne sortons pas de
Bitche, comment saurions-nous quelque chose?

» — Et moi, monsieur, je ne sors jamais de mon
cabinet.

» — Seriez-vous dans le génie ?

» Cette raillerie dirigée contre les lunettes de
Wilhelm égaya beaucoup l'assemblée.

» — Je suis clerc de notaire, monsieur.

» — En vérité? A votre âge, c'est surprenant.

» — Monsieur, dit Wilhelm, est-ce que vous
voudriez voir mon passe-port?

» — Non, certainement.

» — Eh bien, dites-moi que vous ne vous moquez
pas de ma personne, et je vais vous satisfaire sur
tous les points.

» L'assemblée reprit son sérieux.

» — Je vous ai demandé, sans intention maligne,
si vous faisiez partie du génie, parce que vous
portez des lunettes. Ne savez-vous pas que les
officiers de cette arme ont seuls le droit de se
mettre des verres sur les yeux ?

» — Et cela prouve-t-il que je sois soldat ou officier, comme vous voudrez ?

» — Mais tout le monde est soldat aujourd'hui.
Vous n'avez pas vingt-cinq ans, vous devez appar-
tenir à l'armée ; ou bien vous êtes riche, vous avez
quinze ou vingt mille francs de rente, vos parents
ont fait des sacrifices... et, dans ce cas-là, on ne
dîne pas à une table d'hôte d'auberge.

» — Monsieur, dit Wilhelm en secouant sa pipe,
peut-être avez-vous le droit de me soumettre à
cette inquisition; alors, je dois vous répondre ca-
tégoriquement. Je n'ai pas de rentes, puisque je
suis un simple clerc de notaire, comme je vous l'ai

dit. J'ai été réformé pour cause de·mauvaise vue.
Je suis myope, en un mot.

» Un éclat de rire général et intempéré accueillit
cette déclaration.

» — Ah ! jeune homme ! jeune homme ! s'écria le
capitaine Vallier en lui frappant sur l'épaule, vous
avez bien raison, vous profitez du proverbe : « Il
vaut mieux être poltron et vivre plus longtemps ! »

» Wilhelm rougit jusqu'aux yeux.

» — Je ne suis pas un poltron, monsieur le capitaine ! et je vous le prouverai quand il vous plaira.
D'ailleurs, mes papiers sont en règle, et si vous
êtes officier de recrutement, je puis vous les mon-
trer.

» — Assez, assez, crièrent quelques officiers ;
laisse ce bourgeois tranquille, Vallier. Monsieur
est un particulier paisible, il a le droit de souper
ici.

» — Oui, dit le capitaine ; ainsi mettons-nous à
table, et·sans rancune, jeune homme. Rassurez-
vous, je ne suis pas chirurgien examinateur, et
cette salle à manger n'est pas une salle de révision.
Pour vous prouver ma bonne volonté, je m'offre à
vous découper une aile de ce vieux dur à cuire qu'on
nous donne pour un poulet.

» — Je vous remercie, dit Wilhelm, à qui la
faim avait passé, je mangerai seulement de ces
truites qui sont au bout de la table.

Et il fit signe à la servante de lui apporter le
plat.

» — Sont-ce des truites, vraiment ? dit le capitaine à Wilhelm, qui avait ôté ses lunettes en se
mettant à table. Ma foi, monsieur, vous avez meilleure vue que moi-même ; tenez, franchement,

vous ajusteriez votre fusil tout aussi bien qu'un
autre... Mais vous avez eu des protections, vous
en profitez: très bien. Vous aimez la paix, c'est un
goût tout comme un autre. Moi, à votre place, je
ne pourrais pas lire un bulletin de la grande armée,
et songer que les jeunes gens de mon âge se font
tuer en Allemagne sans me sentir bouillir le sang
dans les veines. Vous n'êtes donc pas Français?

» — Non, dit Wilhelm, avec effort et satisfaction
à la fois, je suis né à Haguenau ; je ne suis pas
Français, je suis Allemand.

» — Allemand ? Haguenau est situé en deçà de
la frontière rhénane, c'est un beau et bon village
de l'empire français, département du Bas-Rhin.
Voyez la carte.

» — Je suis de Haguenau, vous dis-je, village
d'Allemagne il y a dix ans, aujourd'hui village de
France ; et moi, je suis Allemand toujours, comme
vous seriez Français jusqu'à la mort si votre pays
appartenait jamais aux Allemands.

» — Vous dites là des choses dangereuses,
jeune homme, songez-y.

» — J'ai tort peut-être, dit impétueusement Wilhelm ; mon sentiment à moi est de ceux qu'il importe, sans doute, de garder dans son cœur, si l'on
ne peut les changer. Mais c'est vous-même qui
avez poussé si loin les choses, qu'il faut, à tout prix,
que je me justifie ou que je passe pour un lâche.
Oui, tel est le motif qui, dans ma conscience, légi-
time le soin que j'ai mis à profiter d'une infirmité
réelle, sans doute, mais qui peut-être n'eût pas dû
arrêter un homme de cœur. Oui, je l'avouerai, je
ne me sens point de haine contre les peuples que
vous combattez aujourd'hui. Je songe que si le

malheur eût voulu que je fusse obligé de marcher
contre eux, j'aurais dû, moi aussi, ravager des
campagnes allemandes, brûler des villes, égorger
des compatriotes ou d'anciens compatriotes, si
vous aimez mieux, et frapper au milieu d'un groupe
de prétendus ennemis, oui, frapper, qui sait? des
parents, d'anciens amis de mon père... Allons,
allons, vous voyez bien qu'il vaut mieux pour moi
écrire des rôles chez le notaire d'Haguenau...
D'ailleurs, il y a assez de sang versé dans ma famille; mon père a répandu le sien jusqu'à la dernière goutte, voyez-vous, et moi.,.

» — Votre père était soldat? interrompit le capitaine Vallier.

» — Mon père était sergent dans l'armée prus-
sienne, et il a défendu longtemps ce territoire que
vous occupez aujourd'hui. Enfin, il fut tué à la
dernière attaque du fort de Bitche.

» Tout le monde était fort attentif à ces dernières
paroles de Wilhelm, qui arrêtèrent l'envie qu'on
avait, quelques minutes auparavant, de rétorquer
ses paradoxes touchant le cas particulier de sa nationalité.

» — C'était donc en 93?

— En 93, le 17 novembre, mon père était parti
la veille de Sirmasen pour rejoindre sa compagnie.
Je sais qu'il a dit à ma mère qu'au moyen d'un
plan hardi, cette citadelle serait emportée sans
coup férir. On nous le rapporta mourant vingt-
quatre heures après; il expira sur le seuil de la
porte, après m'avoir fait jurer de rester auprès de
ma mère, qui lui survécut quinze jours. J'ai su
que, dans l'attaque qui eut lieu cette nuit-là, il reçut dans la poitrine le coup de sabre d'un jeune

soldat, qui abattit ainsi l'un des plus beaux grenadiers de l'armée du prince de Hohenlohe.

» — Mais on nous a raconté cette histoire, dit le major.

» — Eh bien, dit le capitaine Vallier, c'est toute l'aventure du sergent prussien tué par Desroches.

» — Desroches ! s'écria Wilhelm ; est-ce du lieutenant Desroches que vous parlez ?

» — Oh! non, non, se hâta de dire un officier, qui s'aperçut qu'il allait y avoir là quelque révélation terrible ; ce Desroches dont nous parlons était un chasseur de la garnison, mort il y a quatre ans, car son premier exploit ne lui a pas porté bonheur.

» — Ah! il est mort, dit Wilhelm en essuyant son front d'où tombaient de grosses gouttes de sueur.

» Quelques minutes après, les officiers le saluèrent et le laissèrent seul. Desroches ayant vu par la fenêtre qu'ils s'étaient tous éloignés, descendit dans la salle à manger, où il trouva son beau-frère accoudé sur la longue table et la tête dans ses mains.

» — Eh bien, eh bien, nous dormons déjà ?... Mais je veux souper, moi, ma femme s'est endormie enfin, et j'ai une faim terrible... Allons, un verre de vin, cela vous réveillera et vous me tiendrez compagnie.

» — Non, j'ai mal à la tête, dit Wilhelm, je monte à ma chambre. A propos, ces messieurs m'ont beaucoup parlé des curiosités du fort. Ne pourriez-vous pas m'y conduire demain ?

» — Mais sans doute, mon ami.

» — Alors, demain matin, je vous éveillerai.

» Desroches soupira, puis il alla prendre possession du second lit qu'on avait préparé dans la
chambre où son beau-père venait de monter (car
Desroches couchait seul, n'étant marié qu'au civil).
Wilhelm ne put dormir de la nuit, et tantôt il pleurait en silence, tantôt il dévorait de regards furieux
le dormeur, qui souriait dans ses songes.

» Ce qu'on appelle le pressentiment ressemble
fort au poisson précurseur qui avertit les cétacés
immenses et presque aveugles que là pointille une
roche tranchante, ou qu'ici est un fond de sable.
Nous marchons dans la vie si machinalement, que
certains caractères, dont l'habitude est insouciante,
iraient se heurter ou se briser sans avoir pu se
souvenir de Dieu, s'il ne paraissait un peu de limon
à la surface de leur bonheur. Les uns s'assom-
brissent au vol du corbeau, les autres sans motif;
d'autres, en s'éveillant, restent soucieux sur leur
séant, parce qu'ils ont fait un rêve sinistre. Tout
cela est pressentiment. « Vous allez courir un danger, dit le rêve. » — Prenez garde, crié le corbeau.
— Soyez triste, » murmure le cerveau qui s'alour-
dit.

» Desroches, vers la fin de la nuit, eut un songe
étrange. Il se trouvait au fond d'un souterrain,
derrière lui marchait une ombre blanche dont les
vêtements frôlaient ses talons ; quand il se retour-
nait, l'ombre reculait ; elle finit par s'éloigner à
une telle distance, que Desroches ne distinguait
plus qu'un point blanc ; ce point grandit, devint lu-
mineux, emplit toute la grotte et s'éteignit. Un
léger bruit se faisait entendre, c'était Wilhelm qui
rentrait dans la chambre, le chapeau sur la tête et
enveloppé d'un long manteau bleu.

» Desroches se réveilla en sursaut.

» — Diable ! s'écria-t-il, vous étiez déjà sorti ce matin?

» — Il faut vous lever, répondit Wilhelm.

» — Mais nous ouvrira-t-on au fort?

» — Sans doute, tout le monde est à l'exercice ; il n'y a plus que le poste de garde.

» — Déjà ! Eh bien, je suis à vous... Le temps seulement d'aller dire bonjour à ma femme.

» — Elle va bien, je l'ai vue ; ne vous occupez pas d'elle.

» Desroches fut surpris à cette réponse ; mais il le mit sur le compte de l'impatience, et plia encore une fois devant cette autorité fraternelle qu'il allait bientôt pouvoir secouer.

» Comme ils passaient sur la place pour aller au fort, Desroches jeta les yeux sur les fenêtres de l'auberge.

» — Emilie dort sans doute, pensa-t-il.

» Cependant, le rideau trembla, se ferma ; et le lieutenant crut remarquer qu'on s'était éloigné du carreau pour n'être pas aperçu de lui.

» Les guichets s'ouvrirent sans difficulté. Un capitaine invalide, qui n'avait pas assisté au souper de la veille, commandait l'avant-poste. Desroches prit une lanterne et se mit à guider de salle en salle son compagnon silencieux.

» Après une visite de quelques minutes sur différents points où l'attention de Wilhelm ne trouve guère à se fixer :

» — Montrez-moi donc les souterrains, dit-il à son beau-frère.

» — Avec plaisir, mais ce sera, je vous jure, une promenade peu agréable ; il règne là-dessous une

grande humidité. Nous avons les poudres sous
l'aile gauche, et, là, on ne saurait pénétrer sans
ordre supérieur. A droite sont les conduits d'eau
réservés et les salpêtres bruts ; au milieu, les
contre-mines et les galeries... Vous savez ce que
c'est qu'une voûte ?

» — N'importe, je suis curieux de visiter des
lieux où se sont passés tant d'événements sinistres... où même vous avez couru des dangers, à
ce qu'on m'a dit.

» — Il ne me fera pas grâce d'un caveau, pensa
Desroches.

— Suivez-moi, frère, dans cette galerie qui mène
à la poterne ferrée.

» La lanterne jetait une triste lueur aux murailles
moisies, et tremblait en se reflétant sur quelques
lames de sabre et quelques canons de fusil rongés
par la rouille.

» — Qu'est-ce que ces armes ? demanda Wilhelm.

» — Les dépouilles des Prussiens tués à la dernière attaque du fort, et dont mes camarades ont
réuni les armes en trophée.

» — Il est donc mort plusieurs Prussiens ici ?

» — Il en est mort beaucoup dans ce rond-point.

» — N'y tuâtes-vous pas un sergent, vieillard de
haute taille, à moustaches rousses ?

» — Sans doute ; ne vous ai-je pas conté l'histoire ?

» — Non, pas vous ; mais, hier, à table, on m'a
parlé de cet exploit... que votre modestie nous
avait caché.

» — Qu'avez vous donc, frère ? Vous pâlissez !

» Wilhelm répondit d'une voix forte :

» — Ne m'appelez pas frère, mais ennemi !...
Regardez, je suis un Prussien ! Je suis le fils de ce
sergent que vous avez assassiné.

» — Assassiné !

» — Ou tué, qu'importe ! Voyez ; c'est là que
votre sabre a frappé.

» Wilhelm avait rejeté son manteau et indiquait
une déchirure dans l'uniforme vert qu'il avait revêtu, et qui était l'habit même de son père, pieu-
sement conservé.

» — Vous êtes le fils de ce sergent ! Oh ! mon
Dieu, me raillez-vous ?

» Vous railler ? Joue-t-on avec de pareilles hor-
reurs ?... Ici a été tué mon père, son noble sang a
rougi ces dalles ; ce sabre est peut-être le sien...
Allons, prenez-en un autre et donnez-moi la revanche de cette partie !... Allons, ce n'est pas un
duel, c'est le combat d'un Allemand contre un
Français : en garde !

» — Mais vous êtes fou, cher Wilhelm ! laissez
donc ce sabre rouillé. Vous voulez me tuer, suis-je
coupable ?

» — Aussi, vous avez la chance de me frapper à
mon tour, et elle est double pour le moins de votre
côté. Allons, défendez-vous.

» — Wilhelm ! tuez-moi sans défense ; je perds
la raison moi-même, la tête me tourne... Wilhelm !
j'ai fait comme tout soldat doit faire ; mais songez-y donc... D'ailleurs, je suis le mari de votre
sœur ; elle m'aime ! Oh ! ce combat est impossible.

» — Ma sœur !... voilà justement ce qui rend
impossible que nous vivions tous deux sous le
même ciel ! Ma sœur ! elle sait tout ; elle ne reverra

jamais celui qui l'a faite orpheline. Hier, vous lui
avez dit le dernier adieu.

» Desroches poussa un'cri terrible et se jeta sur
Wilhelm pour le désarmer ; ce fut une lutte assez
longue, car le jeune homme opposait aux secousses
de son adversaire la résistance de la rage et du
désespoir.

» — Rends-moi ce sabre, malheureux, criait
Desroches, rends-le moi ! Non, tu ne me frappe-
ras pas, misérable fou !... rêveur cruel !...

» — C'est cela, criait Wilhelm d'une voix étouf-
fée, tuez aussi le fils dans la galerie !... Le fils est
un Allemand... un Allemand !

» En ce moment, des pas retentirent et Desroches lâcha prise. Wilhelm abattu ne se relevait
pas...

» Ces pas étaient les miens, messieurs, ajouta
l'abbé. Émilie était venue au presbytère me raconter tout, pour se mettre sous la sauvegarde de la
religion, la pauvre enfant. J'étouffai la pitié qui
parlait au fond de mon cœur, et, lorsqu'elle me
demanda si elle pouvait aimer encore le meurtrier
de son père, je ne répondis pas. Elle comprit, me
serra la main et partit en pleurant. Un pressentiment me vint ; je la suivis, et, quand j'entendis
qu'on lui répondait à l'hôtel que son frère et son
mari étaient allés visiter le fort, je me doutai de
l'affreuse vérité. Heureusement, j'arrivai à temps
pour empêcher une nouvelle péripétie entre ces
deux hommes égarés par la colère et par la dou-
leur.

» Wilhelm, bien que désarmé, résistait toujours
aux prières de Desroches ; il était accablé, mais
son œil gardait encore toute sa fureur.

» — Homme inflexible ! lui dis-je, c'est vous qui
réveillez les morts et qui soulevez des fatalités
effrayantes ! N'êtes-vous pas chrétien, et voulez-
vous empiéter sur la justice de Dieu ? Voulez-vous
devenir ici le seul criminel et le seul meurtrier ?
L'expiation sera faite, n'en doutez point ; mais ce
n'est pas à nous qu'il appartient de la prévoir ni
de la forcer.

» Desroches me serra la main et me dit :

» — Émilie sait tout. Je ne la reverrai pas ; mais
je sais ce que j'ai à faire pour lui rendre sa liberté.

» — Que dites-vous ! m'écriai-je, un suicide ?

» A ce mot, Wilhelm s'était levé et avait saisi la
main de Desroches.

» — Non ! disait-il, j'avais tort. C'est moi seul
qui suis coupable, et qui devais garder mon secret
et mon désespoir !

» Je ne vous peindrai pas les angoisses que
nous souffrîmes dans cette heure fatale ; j'employai
tous les raisonnements de ma religion et de ma
philosophie, sans faire naître d'issue satisfaisante
à cette cruelle situation ; une séparation était
indispensable dans tous les cas ; mais le moyen
d'en déduire les motifs devant la justice ? Il y avait
là non-seulement un débat pénible à subir, mais
encore un danger politique, à révéler ces fatales
circonstances.

» Je m'appliquai surtout à combattre les projets
sinistres de Desroches et à faire pénétrer dans son
cœur les sentiments religieux qui font un crime du
suicide. Vous savez que ce malheureux avait été
nourri à l'école des matérialistes du dix-huitième siècle. Toutefois, depuis sa blessure, ses idées avaient
changé beaucoup. Il était devenu l'un de ces

Nous suivions cette vallée de peupliers... (Page 82.)

chrétiens à demi sceptiques comme nous en avons
tant, qui trouvent qu'après tout un peu de religion
ne peut nuire, et qui se résignent même à consulter
un prêtre *en cas* qu'il y ait un Dieu ! C'est en vertu
de cette religion vague qu'il acceptait mes conso-
lations. Quelques jours s'étaient passés. Wilhelm
et sa sœur n'avaient pas quitté l'auberge ; car
Émilie était fort malade après tant de secousses.
Desroches logeait au presbytère et lisait toute la
journée des livres de piété que je lui prêtais. Un
jour, il alla au fort, y resta quelques heures, et,
en revenant, il me montra une feuille de papier où
son nom était inscrit ; c'était une commission de
capitaine dans un régiment qui partait pour rejoindre la division Partouneaux.

» Nous reçûmes, au bout d'un mois, la nouvelle
de sa mort glorieuse autant que singulière. Quoi
qu'on puisse dire de l'espèce de frénésie qui le jeta
dans la mêlée, on sent que son exemple fut un
grand encouragement pour tout le bataillon, qui
avait perdu beaucoup de monde à la première
charge... »

Tout le monde se tut après ce récit ; chacun
gardait la pensée étrange qu'excitait une telle vie
et une telle mort. L'abbé reprit en se levant :

— Si vous voulez, messieurs, que nous chan-
gions ce soir la direction habituelle de nos prome-
nades, nous suivrons cette vallée de peupliers
jaunis par le soleil couchant, et je vous conduirai
jusqu'à la Butte-aux-Lierres, d'où nous pourrons
apercevoir la croix du couvent où s'est retirée madame Desroches.

LE VALOIS

Chaque fois que ma pensée se reporte aux souvenirs de cette province du Valois, je me rappelle avec ravissement les chants et les récits qui ont bercé mon enfance. La maison de mon oncle était toute pleine de voix mélodieuses, et celles des servantes qui nous avaient suivis à Paris chantaient tout le jour les ballades joyeuses de leur jeunesse, dont malheureusement je ne puis citer les airs. J'en ai donné ailleurs quelques fragments. Aujourd'hui, je ne puis arriver à les compléter, car cela est profondément oublié ; le secret en est demeuré dans la tombe des aïeules. Avant d'écrire chaque peuple a chanté ; toute peine s'inspire à ces sources naïves, et l'Espagne, l'Allemagne, l'Angleterre, citent chacune avec orgueil leur romancero national. Pourquoi la France n'a-t-elle pas le sien ? On publie aujourd'hui les chansons patoises de Bretagne et d'Aquitaine, mais aucun chant des vieilles provinces où s'est toujours parlée la vraie langue française ne nous sera conservé. Je crains encore que le travail qui se prépare ne soit fait purement au point de vue historique et scientifique. Nous aurons des ballades franques, normandes, des chants de guerre, des lais et vire-lais, des guerz bretons, des noëls bourguignons et picards... Mais songera-t-on à recueillir ces chants de la vieille *France*, dont je cite ici des fragments épars et qui n'ont été ni complétés ni réunis ? C'est qu'on n'a jamais voulu admettre dans les livres des vers composés sans souci de la rime, de la prosodie et de la syntaxe ; la langue du ber-ger, du marinier, du charretier qui passe, est bien la nôtre, à quelques élisions près avec des tournures douteuses, des mots hasardés, des terminaisons et des liaisons de fantaisies, mais elle porte un cachet d'ignorance qui révolte l'homme du monde, bien plus que ne le fait le patois. Pourtant, ce langage a ses règles ou du moins ses habitudes régulières, et il est fâcheux que des couplets tels que ceux de la célèbre romance : *Si j'étais hirondelle*, soient abandonnés, pour deux ou trois consonnes singu-lièrement placées, au répertoire chantant des con-cierges et des cuisinières.

Quoi des plus gracieux et de plus poétique pour-tant !

> Si j'étais hirondelle ! — Que je puisse voler, — Sur votre sein, la belle, — J'irais me repo-ser !

Il faut continuer, il est vrai, par : *J'ai z'un co-quin de frère...*, ou risquer un hiatus terrible ; meis pourquoi aussi la langue a-t-elle repoussé ce *z* si commode, si liant, si séduisant qui faisait tout le charme du langage de l'ancien Arlequin, et que la jeunesse dorée du Directoire a tenté en vain de faire passer dans le langage des salons !

Ce ne serait rien encore, et de légères correc-

tions rendraient à notre poésie légère, si pauvre,
si peu inspirée, ces charmantes et naïves produc-
tions de poètes modestes ; mais la rime, cette sé-
vère rime française, comment s'arrangerait-elle du
couplet suivant :

> La fleur de l'olivier. — Que vous avez aimé,
> — Charmante beauté ! — Et vos yeux char-
> mants, — Que mon cœur aime tant, — Les fau-
> dra-t-il quitter ?

Observez que la musique se prête admirablement à ces hardiesses, et trouve dans les assonances, ménagées suffisamment d'ailleurs, toutes les
ressources que la poésie doit lui offrir. Voilà
deux charmantes chansons, qui ont comme un parfum de la Bible, dont la plupart des couplets sont
perdus, parce que personne n'a jamais osé les
écrire ou les imprimer. Nous en dirons autant de
celle où se trouve la strophe suivante :

> Enfin vous voilà donc, — Ma belle mariée, —
> Enfin vous voilà donc — A votre époux liée, —
> Avec un long fil d'or — Qui ne rompt qu'à la
> mort !

Quoi de plus pur, d'ailleurs, comme langue et
comme pensée ? Mais l'auteur de cette épithalame
ne savait pas écrire, et l'imprimerie nous conserve
les gravelures de Collé, de Piis et de Panard ! Les
étrangers reprochent à notre peuple de n'avoir
aucun sentiment de la poésie et de la couleur ; mais
où trouver une composition et une imagination
plus orientales que dans cette chanson de nos mariniers :

> Ce sont les filles de la Rochelle — Qui ont
> armé un bâtiment — Pour aller faire la course
> — Dedans les mers du Levant.

> La coque en est en bois rouge, — Travaillé fort
> proprement ; — La mâture est en ivoire, — Les
> poulies en diamant.
>
> La grand'voile est en dentelle, — La misaine
> en satin blanc ; — Les cordages du navire — Sont
> de fils d'or et d'argent.
>
> L'équipage du navire, — C'est tout filles de
> quinze ans ; — Les gabiers de la grande hune
> — N'ont pas plus de dix-huit ans ! etc.

Les richesses poétiques n'ont jamais manqué
au marin, ni au soldat français, qui ne rêvent
dans leurs chants que filles du roi, sultanes, et
même présidentes, comme dans la ballade trop
connue :

> C'est dans la ville de Bordeaux — Qu'il est
> arrivé trois vaisseaux, etc.

Mais le tambour des gardes-françaises, où
s'arrêtera-t-il, celui-là ?

> Un joli tambour s'en allait à la guerre, etc.

La fille du roi est à sa fenêtre, le tambour la
demande en mariage : « Joli tambour, dit le roi,
tu n'es pas assez riche !

— Moi ? dit le tambour sans se déconcerter :

> J'ai trois vaisseaux sur la mer gentille, — L'un
> chargé d'or, l'autre de perles fines, — Et le
> troisième pour promener ma mie !

— Touche-là, tambour, lui dit le roi, tu n'auras
pas ma fille ! — Tant pis ! dit le tambour, j'en
trouverai de plus gentilles !... » Etonnez-vous, après
ce tambour-là, de nos soldats devenus rois ! Voyons
maintenant ce que va faire un capitaine :

> A Tours en Touraine, — Cherchant ses amours ;
> Il les a cherchées, — Il les a trouvées — En-haut
> d'une tour.

Le père n'est pas un roi, c'est un simple chape-
lain qui répond à la demande en mariage :

> Mon beau capitaine, — Ne te mets en peine,
> — Tu ne l'auras pas.

La réplique du capitaine est superbe :

> Je l'aurai par terre, — Je l'aurai par mer —
> Ou par trahison.

Il fait si bien, en effet, qu'il enlève la jeune fille
sur son cheval; et l'on va voir comme elle est bien
traitée une fois en sa possession :

> A la première ville, — Son amant l'habille —
> Tout en satin blanc ! — A la seconde ville, — Son
> amant l'habille — Tout d'or et d'argent.
>
> A la troisième ville, — Son amant l'habille —
> Tout en diamants ! — Elle était si belle, — Qu'elle
> passait pour reine — Dans le régiment !

Après tant de richesses dévolues à la verve un
peu gasconne du militaire et du marin, envierons-
nous le sort du simple berger ? Le voilà qui chante
et qui rêve :

> Au jardin de mon père, — Vole, mon cœur,
> vole ! — Il y a z'un pommier doux, — Tout
> doux !
>
> Trois belles princesses, — Vole, mon cœur,
> vole ! — Trois belles princesses — Sont couchées
> dessous, etc.

Est-ce donc la vraie poésie, est-ce la soif mélancolique de l'idéal qui manque à ce peuple pour
comprendre et produire des chants dignes d'être
comparés à ceux de l'Allemagne et de l'Angleterre?
Non, certes ; mais il est arrivé qu'en France la
littérature n'est jamais descendue au niveau de
la grande oule : les poètes académiques du dix-

septième et du dix-huitième siècles n'auraient pas
plus compris de telles inspirations que les paysans
n'eussent admiré leurs odes, leurs épîtres et leurs
poésies fugitives, si incolores, si gourmées. Pourtant, comparons encore la chanson que je vais
citer à tous ces bouquets à Chloris qui faisaient,
vers ce temps, l'admiration des belles compa-
gnies :

> Quand Jean Renaud de la guerre revint, — Il
> en revint triste et chagrin. — « Bonjour, ma
> mère ! — Bonjour, mon fils ! — Ta femme est
> accouchée d'un petit. »
>
> « Allez, ma mère, allez devant, — Faites-moi
> dresser un beau lit blanc ; — Mais faites-le
> dresser si bas, — Que ma femme ne l'entende
> pas ! »
>
> Et, quand ce fut vers le minuit, — Jean Renaud
> a rendu l'esprit.

Ici, la scène de la ballade change et se trans-
porte dans la chambre de l'accouchée :

> « Ah ! dites, ma mère, ma mie, — Ce que j'en-
> tends pleurer ici ? — Ma fille, ce sont les enfants
> — Qui se plaignent du mal de dent. »
>
> « Ah ! dites, ma mère, ma mie, — Ce que j'en-
> tends clouer ici ? — Ma fille, c'est le charpentier,
> Qui raccommode le plancher ! »
>
> « Ah ! dites, ma mère, ma mie, — Ce que j'en-
> tends chanter ici ? — Ma fille, c'est la procession
> — Qui fait le tour de la maison ! »
>
> « Mais, dites, ma mère, ma mie, — Pourquoi
> donc pleurez-vous ainsi ? — Hélas ! je ne puis le
> cacher : — C'est Jean Renaud qui est décédé. »
>
> Ma mère, dites au fossoyeux — Qu'il fasse la
> fosse pour deux, — Et que l'espace y soit si
> grand, — Qu'on y renferme aussi l'enfant ! »

Ceci ne le cède en rien aux plus touchantes

ballades allemandes ; il n'y manque qu'une certaine exécution de détail qui manquait aussi à la la légende primitive de Lénore et à celle du roi des Aulnes, avant Gœthe et Bürger. Mais quel parti encore un poète eût tiré de la complainte de Saint-Nicolas, que nous allons citer en partie :

> Il était trois petits enfants — Qui s'en allaient glaner aux champs.
>
> S'en vont au soir chez un boucher. — « Boucher, voudrais-tu nous loger? — Entrez, entrez, petits enfants, — Il y a de la place assurément.»
>
> Ils n'étaient pas sitôt entrés, — Que le boucher les a tués, — Les a coupés en petits morceaux, — Mis au saloir comme pourceaux.
>
> Saint Nicolas, au bout d'sept ans, — Saint Nicolas vint dans ce champ. — Il s'en alla chez le boucher : — «Boucher, voudrais-tu me loger?»
>
> « Entrez, entrez, saint Nicolas, — Il y a d'la place, il n'en manque pas. » — Il n'était pas sitôt entré, — Qu'il a demandé à souper.
>
> Voulez-vous un morceau d'jambon? — Je n'en veux pas, il n'est pas bon. — Voulez-vous un morceau de veau? — Je n'en veux pas, il n'est pas beau! »
>
> « Du p'tit salé je veux avoir, — Qu'il y a sept ans qu'est dans l'saloir! » — Quand le boucher entendit cela, — Hors de sa porte il s'enfuya.
>
> « Boucher, boucher, ne t'enfuis pas, — Repens-toi, Dieu te pardonn'ra. » — Saint Nicolas posa trois doigts — Dessus le bord de ce saloir.
>
> Le premier dit : « J'ai bien dormi! » — Le second dit : « Et moi aussi!» — Et le troisième répondit : — « Je croyais être en paradis! »

N'est-ce pas là une ballade d'Uhland, moins les beaux vers? Mais il ne faut pas croire que l'exécution manque toujours à ces naïves inspirations populaires.

A part les rimes incorrectes, la chanson que
nous avons citée dans *les Faux-Saulniers : Le roi
Loys est sur son pont*, composée sur un des plus
beaux airs qui existent, est déjà de la vraie poésie
romantique et chevaleresque ; c'est comme un
chant d'église croisé par un chant de guerre; on
n'a pas conservé la seconde partie de la ballade,
dont pourtant nous connaissons vaguement le
sujet. Le beau Lautrec, l'amant de cette noble
fille, revient de la Palestine au moment où on la
portait en terre. Il rencontre l'escorte sur le chemin de Saint-Denis. Sa colère met en fuite prêtres
et archers, et le cercueil reste en son pouvoir.
« Donnez-moi, dit-il à la suite, donnez-moi mon
couteau d'or fin, que je découse ce drap de lin! »
Aussitôt délivrée de son linceul, la belle revient à
la vie. Son amant l'enlève et l'emmène dans son
château au fond des forêts. Vous croyez *qu'ils
vécurent heureux* et que tout se termina là; mais,
une fois plongé dans les douceurs de la vie conju-
gale, le beau Lautrec n'est plus qu'un mari vulgaire, il passe tout son temps à pêcher au bord de
son lac, si bien qu'un jour sa fière épouse vient
doucement derrière lui et le pousse résolûment
dans l'eau noire, en lui criant :

> Va-t'en, vilain pêche-poissons! — Quand ils
> seront bons, — Nous en mangerons.

Propos mystérieux, digne d'Arcabonne ou de
Mélusine. — En expirant, le pauvre châtelain a la
force de détacher ses clefs de sa ceinture et de les
jeter à la fille du roi, en lui disant qu'elle est désormais maîtresse et souveraine et qu'il se trouve
heureux de mourir par sa volonté!... Il y a dans
cette conclusion bizarre quelque chose qui frappe

involontairement l'esprit, et qui laisse douter si le
poète a voulu finir par un trait de satire, ou si
cette belle morte que Lautrec a tirée du linceul
n'était pas une sorte de femme vampire, comme
les légendes nous en présentent souvent.

Du reste, les variantes et les interpolations sont
fréquentes dans ces chansons; chaque province
possédait une version différente. On a recueilli,
comme une légende du Bourbonnais, *la Jeune fille
de la Garde*, qui commence ainsi :

> Au château de la Garde, — Il y a trois belles
> filles; — Il y en a une plus belle que le jour. —
> Hâte-toi, capitaine, — Le duc va l'épouser.

C'est celle que nous avons également citée dans
les *Faux-Saulniers*, qui commence ainsi dans le
Beauvoisis, où nous l'avons entendu chanter, dé-
pouillée de toute couleur chevaleresque et locale :

> Dessous le rosier blanc — La belle se promène.

Voilà le début, simple et charmant; où cela se
passe-t-il? Peu importe! Ce serait si l'on voulait
la fille d'un sultan rêvant sous les bosquets de
Schiraz. Trois cavaliers passent au clair de la
lune : « Montez, dit le jeune homme, sur mon beau
cheval gris. » N'est-ce pas là la course de Léonore,
et n'y a-t-il pas une attraction fatale dans ces cavaliers inconnus!

Ils arrivent à la ville, s'arrêtent à une hôtellerie
éclairée et bruyante. La pauvre fille tremble de
tout son corps :

> Aussitôt arrivée, — L'hôtesse la regarde. —
> « Etes-vous ici par force — Ou pour votre plaisir?
> — Au jardin de mon père — Trois cavaliers
> m'ont pris. »

Sur ce propos, le souper se prépare : « Soupez, la belle, et soyez heureuse :

> « Avec trois capitaines, — Vous passerez la nuit. » — Mais le souper fini, — La belle tomba morte. — Elle tomba morte — Pour ne plus revenir !

« Hélas ! ma mie est morte ! s'écrie le plus jeune cavalier ; qu'en allons-nous faire ?... » Et ils conviennent de la reporter au château de son père, sous le rosier blanc.

> Et, au bout de deux jours, — La belle ressuscite. — « Ouvrez, ouvrez, mon père, — Ouvrez, sans plus tarder ! — Trois jours j'ai fait la morte, — Pour mon honneur garder. »

Quoi de plus charmant que la chanson de Biron, si regretté dans ces contrées :

> Quand Biron voulut danser, — Quand Biron voulut danser, — Ses souliers fit apporter, — ses souliers fit apporter ; — Sa chemise — De Venise, Son pourpoint — Fait au point, — Son chapeau tout rond. — Vous danserez, Biron !

Nous avons cité deux vers de la suivante :

> La belle était assise — Près du ruiseau coulant, — Et dans l'eau qui frétille, — Baignait ses beaux pieds blancs. — Allons, ma mie, légèrement ! — Légèrement !

C'est une jeune fille des champs qu'un seigneur surprend au bain comme Percival surprit Griselidis. Un enfant sera le résultat de leur rencontre. Le seigneur dit :

> « En ferons-nous un prêtre, — Ou bien un président ?

— Non, répond la belle, ce ne sera qu'un paysan :

— On lui mettra la hotte — Et trois oignons
dedans... — Il s'en ira criant : — Qui veut mes oignons blancs ?... — Allons, ma mie, légèrement, etc.

Nous nous arrêtons dans ces citations si incom-
plètes, si difficiles à faire comprendre sans la musique et sans la poésie des lieux et des hasards,
qui font que tel ou tel de ces chants populaires se
grave ineffaçablement dans l'esprit. Ici, ce sont
des compagnons qui passent avec leurs longs
bâtons ornés de rubans ; là, des mariniers qui
descendent un fleuve ; des buveurs d'autrefois
(ceux d'aujourd'hui ne chantent plus guère), des
lavandières, des faneuses, qui jettent au vent
quelques lambeaux des chants de leurs aïeules.
Malheureusement, on les entend répéter plus souvent aujourd'hui les romances à la mode, plate-
ment spirituelles, ou même franchement incolores,
variées sur trois ou quatre thèmes éternels. Il serait
à désirer que de bons poètes modernes missent à
profit l'inspiration naïve de nos pères, et nous
rendissent, comme l'ont fait les poètes d'autres
pays, une foule de petits chefs-d'œuvre qui se
perdent de jour en jour avec la mémoire et la vie
des bonnes gens du temps passé.

FIN

GÉRARD DE NERVAL

Gérard de Nerval est une des physionomies les
plus curieuses et en même temps les plus sympa-
thiques de notre siècle. En outre, malgré la com-
plexité de son talent, malgré les phases obscures
et pour ainsi dire souterraines de sa vie, c'est une
nature simple, droite, tout d'une pièce, qu'on en-
trevoit tout entière, dès qu'on ouvre un des livres
qu'il a écrits; il serait aisé de trouver dans ses
œuvres les éléments essentiels de sa biographie et
les traits principaux de son caractère.

Il se nommait de son vrai nom Gérard Labrunie.
Fils d'un médecin militaire qui parcourait l'Eu-
rope à la suite de la grande armée, il passa les
premières années de son enfance chez son oncle
qui habitait aux environs d'Ermenonville. Il semble
que le voisinage du dernier séjour de J.-J. Rousseau, dont la mémoire était vivante, populaire et
vénérée autour du jeune enfant, ait contribué,
autant que la vie en plein air, à lui donner la même
horreur pour la dépendance, la même instabilité,
la même profondeur de sympathie avec la nature.
Ce fut là le premier et le plus durable de ses
enthousiasmes, et on en trouve la trace, le souvenir attendri dans maints ouvrages composés
bien loin de ce temps et de ces sites.

La Restauration rendit son père à la vie privée,
et Gérard alla faire ses classes au collège Charle-
magne. Il ne les avait pas encore terminées qu'il
jouissait déjà d'une petite célébrité : il la devait à
des poésies patriotiques qui furent recueillies et

publiées en 1827 sous le titre d'*Elégies nationales.*

Cette date de 1827 est aussi celle de la Renaissance romantique, qui affectait alors toutes les formes, et engageait la bataille sur tous les terrains. Gérard de Nerval se mêla à la lutte en faisant connaître le *Faust* de Gœthe par une traduction que Gœthe lui-même déclara excellente. Berlioz n'en fut pas moins enthousiasmé, et dès qu'il en eut lu les chœurs, il les mit en musique.

En même temps Gérard de Nerval faisait jouer à l'Odéon une petite pièce, *Tartufe chez Molière;* il y obtenait un succès bien encourageant pour un jeune homme de vingt-deux ans. Mais à mesure que son talent s'agrandissait, de coûteuses fantaisies, une insouciance absolue dévoraient sa petite fortune, bientôt il ne lui resta guère que sa plume.

Un amour qui dormait en lui depuis les années de son enfance vint lui rendre une énergie factice, et par là même exagérée et funeste. Il retrouva une jeune fille qu'il avait connue à Ermenonville ; elle était devenue une des actrices les plus applaudies de l'Opéra-Comique. Pour elle, Gérard de Nerval écrivit la *Reine de Saba,* dont Meyerbeer devait composer la musique, mais ces magnifiques projets aboutirent à un joli conte dans le Recueil intitulé *les Nuits du Ramazan.*

Déjà sa maîtresse le trahissait ; l'insouciance de Gérard de Nerval pour les affaires et les devoirs de la vie n'excluait pas une sensibilité profonde et délicate, et cet amour, qui pour la femme et l'actrice n'était qu'un passe-temps, absorbait et consumait l'écrivain. La folie venait par intervalles stupéfier son intelligence ou évoquer devant lui d'enfantines chimères.

Toutefois cette folie était inoffensive. Lorsqu'elle s'emparait de lui, elle l'obligeait à errer sans but, presque sans pensée ; mais dès qu'elle le quittait, il se retrouvait tout entier, capable d'écrire des

chefs-d'œuvre où la grâce et l'humour se combi-
naient harmonieusement. Il put même entre-
prendre de lointains voyages, les raconter, semer
dans leur relation de piquantes aventures, faire de
la critique dramatique, écrire pour la scène, colla-
borer à la *Revue des Deux-Mondes*. Evidemment
un peu d'hygiène aurait eu raison de cette bénigne
folie, mais Gérard de Nerval semblait braver son
ennemie. Elle fut la plus forte, et un jour on le
trouva pendu à un réverbère dans la rue Vieille-
Lanterne.

La maladie intellectuelle et physique dont il
souffrait depuis bien des années fut l'occasion de sa
mort, et non la cause directe de son suicide. Le
24 janvier, il alla trouver un de ses amis, un
artiste célèbre, qui lui prêta une petite somme ; il
le quitta fort gai, avec cette insouciance caracté-
ristique qui lui faisait regarder sa vie vagabonde
comme régulière et irréprochable. Il eut sans
doute l'imprudence de laisser voir ses quelques
pièces de monnaie aux bandits qui hantaient le
bouge où il était venu passer quelques heures ; ils
le tuèrent et le pendirent.

Ces indications sommaires sur le genre de mort
de Gérard sont en contradiction complète avec les
détails que l'on trouve dans la plupart des biogra-
phies ; mais nous tenons nos informations de la
personne même qui vit Gérard de Nerval pour la
dernière fois et lui fit le prêt en question. D'ailleurs notre écrivain ne souffrait guère de sa vie
aventureuse; il s'était endurci aux privations et
ne songeait point à y mettre fin par un suicide.

H. Duclos.

ÉMILE COLIN. — IMPRIMERIE DE LAGNY.

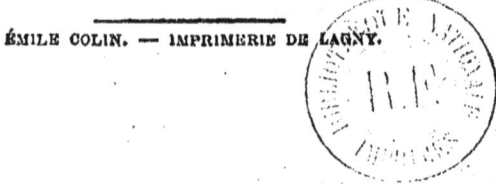

www.ingramcontent.com/pod-product-compliance
Lightning Source LLC
Chambersburg PA
CBHW070838280626
47161CB00015B/1908